Annie West
Matrimonio por ambición

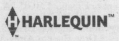

Editado por Harlequin Ibérica.
Una división de HarperCollins Ibérica, S.A.
Núñez de Balboa, 56
28001 Madrid

I.S.B.N.: 978-84-687-6744-4
Depósito legal: M-28091-2015
Impresión en CPI (Barcelona)
Fecha impresion para Argentina: 2.5.16
Distribuidor exclusivo para España: LOGISTA
Distribuidor para México: CODIPLYRSA
Distribuidores para Argentina: Interior, DGP, S.A. Alvarado 2118.
Cap. Fed./Buenos Aires y Gran Buenos Aires, VACCARO HNOS.

Prólogo

U N COCHE aceleró, rompiendo el silencio de la noche del que Flynn había estado disfrutando desde que había dejado atrás el bullicioso Londres.

Estaba dando un paseo nocturno por la finca de Michael Cavendish y los únicos sonidos que solían oírse allí eran el ulular de un búho o el rumor de las hojas con el movimiento de algún pequeño animal. Flynn estaba demasiado lejos de la casa como para oír el ruido procedente de la fiesta de invierno que se estaba celebrando allí.

Oyó el coche más cerca, debía de estar al principio de la curva, y apretó el paso al darse cuenta, de repente, de que parecía ir demasiado deprisa para que le diese tiempo a frenar.

Entonces llegó el frenazo y el estruendo causado por una colisión y Flynn echó a correr.

Las nubes que ocultaban la luna se apartaron mientras él sentía una descarga de adrenalina. Allí estaba, era un coche descapotable que había chocado contra el oscuro follaje. La luz de la luna brillaba en los cristales rotos que crujían bajo sus pies.

Flynn tenía la mirada clavada en el asiento del conductor. En la figura que estaba luchando por abrir la puerta. Vio unos hombros pálidos, salpicados por lo que debía de ser sangre. A él se le aceleró el corazón a pesar de sentirse aliviado. Al menos, estaba consciente.

–No te muevas.

Flynn necesitaba confirmar el alcance de las heridas lo antes posible.

–¿Quién hay ahí? –preguntó la mujer inmediatamente, apartándose de la puerta.

Levantó la cabeza y Flynn se llevó una gran sorpresa al ver su rostro. ¿Ava? No podía ser la pequeña Ava Cavendish. No podía ser ella, con un vestido de fiesta blanco ajustado, muy escotado. Ni con aquellos generosos pechos.

–¿Quién eres? –repitió ella, con miedo en la voz.

Estaba intentando salir por el otro lado del coche, pero el vestido le impedía moverse con rapidez.

–¿Ava? No te preocupes, soy yo, Flynn Marshall.

Intentó abrir la puerta del conductor, pero no pudo. Se sintió frustrado.

–¿Flynn? ¿El hijo de la señora Marshall?

Ava hablaba con dificultad y eso lo preocupó, no podía ser una buena señal.

–Sí, Flynn –insistió, intentando tranquilizarla–. Me conoces perfectamente.

Ella suspiró. Balbució algo entre dientes. Flynn solo entendió la palabra «segura».

–Por supuesto que estás segura conmigo.

Los dos habían crecido en la finca. Ava en la casa principal y él en una de las casitas de los trabajadores, con sus padres.

–Ven por aquí –añadió.

No olía a gasolina, pero Flynn no quería correr ningún riesgo.

Era evidente que Ava podía mover los brazos y las piernas, por lo que no debía de tener ninguna lesión medular. Estaba arrodillada en el asiento.

Se giró y una botella cayó al suelo.

Flynn se preguntó desde cuándo bebía Ava champán. Debía de tener solo... diecisiete años. Y, sobre todo, la Ava que él conocía era demasiado responsable para beber y conducir.

–¿Seguro que eres Flynn? –le preguntó ella, sentándose sobre los talones–. Estás diferente.

Ava nunca lo había visto vestido de traje, ni con algo tan caro como un abrigo de cachemir. Cuando iba a visitar a su madre, Flynn siempre iba vestido de manera informal. Esa noche, sabiendo que su madre estaría toda la noche en la casa principal, trabajando, él había decidido salir directamente a dar un paseo y no se había cambiado de ropa. Había querido aclararse las ideas antes de despedirse. Aquella sería su última visita. Por fin había convencido a su madre de que se marchase de Frayne Hall.

–Por supuesto que soy Flynn.

Alargó los brazos y la levantó en volandas por encima de la puerta, pero, cuando iba a dejarla en el suelo, Ava lo abrazó por el cuello.

–Tienes que hacerme una promesa.

Sus miradas se encontraron y a Flynn se le encogió el estómago.

–Prométeme que no me vas a llevar de vuelta a casa.

–Necesitas ayuda, estás herida –le dijo él, viendo que tenía sangre en la piel.

–Ayúdame tú. Solo tú.

Ava hizo un puchero y aquel gesto de los labios hizo que Flynn sintiese deseo. Se maldijo.

–Por favor –le rogó con los ojos llenos de lágrimas.

Él la agarró con más fuerza e intentó no pensar en que Ava se había convertido en toda una mujer, una mujer muy atractiva.

–Por supuesto que te voy a ayudar.

–¿Y me prometes que no me vas a llevar a casa? ¿Que no les vas a decir dónde estoy?

La intensidad de su mirada y la angustia de su voz hizo que a Flynn se le erizase el vello de la nuca.

No parecía borracha, sino asustada.

Él frunció el ceño y pensó que todo era un truco. Ava no quería enfrentarse a las consecuencias de lo ocurrido. Había estrellado un coche muy caro y había estado bebiendo. Y su padre se sentiría decepcionado. No obstante, Flynn sabía que Michael Cavendish era un jefe terrible, pero también un hombre de familia cariñoso. Ava no tenía nada que temer.

–¡Prométemelo! –exclamó desesperada, retorciéndose entre sus brazos.

Flynn miró hacia la casa principal. Nadie había ido detrás de ella. Tal vez ni siquiera supiesen que se había marchado. Suspiró.

–Te lo prometo. Al menos, por ahora.

La llevaría a casa de su madre, comprobaría qué heridas tenía y después decidiría si tenía que llevarla a un hospital o llamar a su padre, el último hombre del mundo con el que le apetecía hablar.

–Gracias, Flynn.

Ava sonrió y apoyó la cabeza en el cuello de él, su pelo le acarició la barbilla, su olor a rosas y a mujer lo envolvió.

–Siempre me has caído bien. Sabía que podía confiar en ti.

Ava hizo un gesto de dolor al entrar en la acogedora cocina, deslumbrada por la brillante luz de la mañana. La luz no agravaba su dolor de cabeza, pero sabía que iba a revelar lo que ya había visto en el pequeño espejo del cuarto de baño. Tenía ojeras, los labios pálidos, que se había pintado de color escarlata, y varios cortes en la piel.

Una piel que estaba demasiado pálida.

Había intentado subirse un poco el vestido para taparse, pero no lo había conseguido. No era un vestido pensado para ocultar, sino para enseñar.

La cobarde que había en ella deseó poder marcharse de allí sin que Flynn se diese cuenta. Él había sido maravilloso, comprensivo, pero ¿qué pensaría de ella? Había tenido un accidente con el coche y se había negado a llamar a su padre. Contuvo la respiración. ¿Tendría que enfrentarse a la señora Marshall esa mañana?

–¿Te duele la cabeza? Puedo darte un analgésico.

Ava se giró. Flynn estaba allí, alto, moreno, muy atractivo, observándola con preocupación. Tenía en la mano un vaso de agua y medicinas. Su tonto corazón se aceleró solo con verlo.

Se sintió avergonzada. Flynn pensaba que tenía resaca.

Tal vez pensase que hacía aquello con frecuencia, que se pasaba los días de fiesta.

Cuando quiso darse cuenta, Flynn la estaba ayudando a sentarse y le había puesto algo de abrigo sobre los hombros. Algo que olía a limpio, a bosque después de la lluvia. Como él. Ava respiró hondo y su masculino olor se le subió a la cabeza.

–Gracias.

Ava lo miró a los ojos oscuros y volvió a sentir aquella incómoda punzada de atracción. Flynn la abrumaba. Se había sentido atraída por él desde niña, a pesar de que se llevaban siete años. Siempre le había gustado su vena aventurera y peligrosa, y su amabilidad.

Más recientemente, se había sentido cohibida ante aquel hombre tan guapo y seguro de sí mismo en el que se había convertido. ¿Sabría él que hacía que se le acelerase el corazón? ¿Que hacía que se derritiese por dentro cuando la miraba con aquellos enigmáticos ojos oscuros? Que en ocasiones soñaba...

–Con el agua será suficiente –le dijo.

Tiró de años de disciplina y aparentó una seguridad que no sentía en realidad, sobre todo, teniendo que fingir que estar allí sentada con un traje de fiesta roto, medio desnuda, tenía algo de normal.

–¿Está tu madre en casa?

–No. Duerme en la casa principal cuando hay una fiesta y tiene que levantarse temprano a preparar el desayuno.

Ava asintió, no quería ni pensar en lo que estaría ocurriendo en Frayne Hall en esos momentos.

–¿Estás preparada para hablar de lo de anoche, Ava?

La voz de Flynn era suave, le acarició la piel con ternura. A Ava le encantaba cómo decía su nombre, pero no podía permitir que eso la distrajese.

–Gracias por haberme ayudado –le dijo–. Ahora tengo que volver.

–¿Vas a volver a la casa? –le preguntó él, frunciendo el ceño–. Anoche estabas convencida de que no querías ir allí.

–Anoche no era yo.

–¿Y no quieres hablar de ello? Estabas muy disgustada.

Ava se quedó inmóvil. ¿Qué le había dicho a Flynn la noche anterior? No quería contarle el motivo por el que se había marchado de Frayne Hall de aquella manera.

–¿Ava? ¿Confías en mí? –inquirió él, sentándose a su lado.

Era tan atractivo, parecía tan fuerte que, por un instante, Ava deseó contárselo todo.

Sin pensarlo, alargó la mano para tocarle el pelo, pero se detuvo. Flynn no podía resolver sus problemas. Solo ella misma podía hacerlo.

–Por supuesto que confío en ti.

Era el único hombre en el que confiaba.

–No te puedes imaginar lo que significa para mí que me ayudases anoche –le aseguró sonriendo–, pero ahora tengo que marcharme, de verdad.

Había llegado el momento de dar la cara. Sola.

Capítulo 1

Siete años más tarde

Flynn se apoyó en el respaldo del asiento y dejó que las sombras lo envolvieran mientras observaba a los turistas que había en la parte delantera del barco. Charlaban animadamente y se inclinaban sobre el río Sena para conseguir fotografías perfectas de París con la luz del atardecer.

Solo había otra persona que estaba sola, como él. Se levantó las gafas de sol y las apoyó en el pelo rubio, dejando al descubierto una piel cremosa y un rostro con forma de corazón.

Tenía los rasgos harmoniosos, la nariz recta y una boca demasiado generosa para poder considerarla bonita, pero Flynn se puso completamente tenso.

El rostro de Ava siempre había tenido un atractivo especial y en esos momentos, en los que sonrió al ver Notre Dame, su cara se iluminó.

La última vez que la había visto, la noche en que se había quedado a dormir en casa de su madre, después del accidente, todavía era una adolescente, a pesar del cuerpo de mujer. Flynn se había sentido culpable por sentirse atraído por ella. En esos momentos, con veinticuatro años, Ava tenía los pómulos más marcados, lo que le daba a su rostro un carácter y una elegancia que la sonrisa despreocupada no hacía más que acentuar.

No obstante, la intensidad de su reacción lo sorprendió. No se había esperado aquello.

Flynn frunció el ceño mientras intentaba definir la sensación. Era atracción, sí. Era una mujer guapa. Aunque no fuese su tipo, vestida con vaqueros y una camisa de flores. A él le gustaban más las mujeres glamurosas y sofisticadas, pero Ava también podía ser así. Lo había mamado.

Flynn asintió. Aquello era lo que le ocurría, por supuesto. También sentía satisfacción. Satisfacción porque Ava era la mujer adecuada. La mujer perfecta. Y él había sabido nada más verla que aquello funcionaría a la perfección.

Siempre era estupendo que un plan saliese bien.

Vio a Ava mirar a una pareja que se besaba y sonreír con nostalgia.

Curiosamente, por un instante, la duda lo asaltó. Pero fue solo un instante. Flynn se puso en pie y fue hacia la parte delantera del barco.

Cuando llegó a su lado, se detuvo y la miró. Los ojos azules de Ava se clavaron en él y Flynn sintió calor en el vientre, tuvo que tomar aire.

–¿Flynn? –preguntó sorprendida, con la voz ronca. Deliciosa.

Él sonrió. Era un hombre afortunado.

Una semana más tarde, Flynn volvía a perderse en sus soñadores ojos azules y se sentía satisfecho al ver que Ava tomaba su mano y entrelazaba los delgados dedos con los de él. ¡Sí!

Ava estaba disgustada porque Flynn se tenía que

marchar, pero no quería demostrarlo. A él, por su parte, también le había fastidiado mucho aquella llamada de trabajo. Había estado muy cerca. Un poco más de tiempo y...

–Por supuesto que tienes que marcharte –le dijo Ava–. Te necesitan en Londres.

–Lo sé.

La empresa de Flynn había crecido mucho y él seguía trabajando como director general. Prefería estar al tanto de todo lo que sucedía a delegar.

No obstante, en esos momentos lamentó que nadie más pudiese ocuparse del último problema que había surgido. No quería alejarse de Ava tan pronto.

–Además... –añadió Ava, levantando la barbilla–. Yo también me marcho mañana de París. Voy a Praga.

Pero Flynn se dio cuenta de que su sonrisa era tensa, y eso le gustó. Tal vez fuese mejor marcharse en aquel momento, quizás pudiese beneficiarle a largo plazo.

Capítulo 2

AVA estudió la guía y se dijo que era bueno poder conocer Praga sola. Vería más cosas y no se distraería con los ojos oscuros de Flynn, ni con su sonrisa.

La semana en París había sido estupenda y había pasado muy deprisa. Había sido casi como un romántico sueño.

Pero ella había sabido que no duraría. Los sueños nunca duraban.

Cuando Flynn había tenido que marcharse a Londres se habían separado sin hablar de volver a verse. Todo había ocurrido tan deprisa que no se había dado cuenta de aquello hasta que no lo había visto alejarse por los Campos Elíseos, captando las miradas de interés de muchas otras mujeres.

Flynn no había hablado de futuro. ¿Habría sido solo un entretenimiento para él?

Ava apretó los labios. Era ridículo, echarlo tanto de menos. No obstante, no pudo evitar suspirar. Con la compañía de Flynn, París había sido la experiencia más mágica de su vida.

«Admítelo, ha sido la única experiencia mágica de tu vida. Los cuentos de hadas no son para ti».

Se obligó a seguir leyendo en la guía acerca de la defenestración de Praga, en la que los habitantes locales, furiosos, habían arrojado a tres hombres por aquella ventana del castillo.

«Defenestración». Qué palabra tan pomposa. Le recordaba a su padre. Aunque su padre nunca hubiese cometido ningún delito, su especialidad había sido la manipulación.

Ava cerró el libro de golpe.

La vida habría sido mucho mejor para muchas personas si alguien hubiese defenestrado a Michael Cavendish unos años antes.

–Ava.

Se quedó inmóvil, pensando que se había imaginado que alguien la había llamado en voz baja.

Aquella mañana se había levantado excitada solo de pensar en aquella voz. Incluso había alargado la mano, casi creyendo que había hecho lo que no se había atrevido a hacer en París.

–¿Ava?

Levantó la cabeza y allí estaba él, vestido de manera informal, mirándola, con una sonrisa en los labios. Flynn Marshall era el hombre más atractivo que había visto nunca.

O tal vez fuese su mirada oscura lo que hacía que Ava sintiese tanto calor. En aquella mirada había algo especial, era la prueba del vínculo que había entre ambos.

–¿Flynn? ¡No me lo puedo creer!

Ava sonrió de oreja a oreja, ni siquiera intentó ocultar la felicidad que sentía, de hecho, casi no podía ni respirar.

De repente, era como si se le hubiesen olvidado tantos años aprendiendo a ocultar sus sentimientos y a mostrar solo un rostro encantador al mundo.

Con Flynn no necesitaba careta. Sabía que estaba segura a su lado.

Si sentía miedo, era una sensación deliciosa, que le recordaba que ya no era una niña, sino una mujer y que él era un hombre impresionante.

–¿Por qué fruncías el ceño? Estabas muy seria.

Flynn pasó los dedos por su frente y a ella le dio un vuelco el corazón.

¡Flynn estaba con ella!

No podía ser una coincidencia. Él no tenía pensado visitar Praga. Su empresa estaba en Londres.

–¿Ava?

Ella parpadeó.

–¿Estaba seria?

Había sido al pensar en su padre.

–Estaba leyendo la guía. ¿Sabes dónde tuvo lugar la defenestración? La segunda. La primera fue en el antiguo ayuntamiento.

¿Estaba balbuceando? Probablemente. Era difícil concentrarse con Flynn allí, devorándola con la mirada. Ava sintió deseo, notó que se le endurecían los pezones.

No la había mirado así en París. De haberlo hecho, tal vez ella hubiese vencido los escrúpulos de toda una vida y lo habría invitado a...

–Tal vez sea un pasatiempo nacional... tirar a la gente por las ventanas.

Flynn se rio de manera muy sensual y el cuerpo de Ava reaccionó ante aquella risa.

–A mí los checos me parecen muy agradables –comentó.

–¿Quién sabe? Tal vez tengan secretos ocultos.

Como él.

Habían pasado la semana anterior juntos en París y Ava había sentido una conexión desconocida hasta entonces. Tal vez porque se conocían de siempre y

Flynn era mayor y siempre le había parecido una persona enigmática, que representaba la libertad que ella siempre había ansiado. También había sido un amigo cuando más lo había necesitado. Ava no había olvidado cómo la había tratado aquella noche, el día de la fiesta de su padre.

No obstante, era consciente de que Flynn tenía una parte que guardaba solo para él. ¿Y quién no? Sus propias experiencias habían hecho que Ava fuese muy reservada.

—Te has puesto seria otra vez.

La tocó un instante y ella volvió a quedarse sin aliento.

—Me preguntaba qué haces aquí. Tenías que tratar asuntos muy urgentes en Londres.

Flynn se encogió de hombros y ella clavó la vista en sus anchas espaldas. Sintió calor. Y se dijo que estaba metida en un buen lío.

—Sí, es cierto —respondió él, sin darle más explicaciones.

Luego se echó a un lado y le hizo un gesto para que lo siguiese. Inmediatamente, una familia ocupó su sitio junto a la ventana y miró más allá de los árboles, hacia los tejados rojos de la antigua Praga.

Cuando Ava quiso darse cuenta, estaba con Flynn junto a otra enorme ventana, en un rincón muy tranquilo. No miró hacia afuera, tenía toda la atención puesta en él.

Tenía los pómulos muy marcados, la mirada profunda, las cejas negras como el ébano y una mandíbula prominente. Flynn Marshall era capaz de cautivar a cualquier mujer. Su piel morena apuntaba a su herencia romaní y la nariz recta, ligeramente torcida porque se la había roto años antes, le daba un aire todavía más atlético y masculino. El hecho de que llevara el pelo muy corto, un pelo que Ava sabía que tenía rizado cuando se lo dejaba crecer, no hacía que su aspecto fuese menos salvaje.

Y aquel salvajismo se había contagiado a su corazón, que latía demasiado deprisa.

—Ibas a explicarme qué haces aquí —le espetó.

Él sonrió de medio lado y ella se aferró a su libro y retrocedió un paso. Chocó contra la ventana.

Flynn la miró divertido, pero ella se sintió bloqueada por el deseo.

No era la sonrisa de Flynn lo que quería, sino mucho más. ¿Cómo podía sentir tanto, desear tanto, después de tan solo una semana?

La presión de su pecho aumentó y Ava odió sentirse tan vulnerable. Era una sensación que había intentado erradicar de su vida.

Una sensación que se había prometido no volver a sentir jamás.

Levantó la barbilla y proyectó algo parecido a la altivez que caracterizaba a su padre.

Flynn dejó de sonreír y se puso serio.

Levantó la mano para volver a tocarla, pero ella se quedó paralizada.

Abrirse a Flynn, como lo había hecho en París, había sido una experiencia completamente nueva. Hasta ese momento no se había dado cuenta de lo peligrosamente lejos que se había dejado llevar.

—He venido a por ti —le respondió.

¿A por mí?

—Sí.

Flynn se acercó más, pero no la tocó. No le hizo falta. Su mirada acabó con todas las dudas de Ava.

—No podía seguir lejos de ti, Ava.

–Pero tenías que trabajar...

–Me ocupé de la emergencia en un día y después reprogramé todo lo que no era urgente.

Cuando la miraba así, Ava se sentía tentada a pensar que sentía lo mismo que ella. Se le cortó la respiración.

–¿Es una de las ventajas de ser el jefe? –preguntó con naturalidad–. A tu secretaria debe de encantarle.

–Soy un buen jefe.

Parecía orgulloso de ello.

–Y suele ser fácil trabajar conmigo. Es la primera vez que hago esto.

De repente, el ambiente se tensó. A Ava no podía latirle el corazón con más fuerza.

Tragó saliva. Se sentía feliz y tenía miedo al mismo tiempo ante la idea de ir más allá de los límites que ella misma se había impuesto.

–¿Es la primera vez que faltas al trabajo? –bromeó con voz temblorosa–. Me cuesta creerlo.

Él sacudió la cabeza y sonrió como si se hubiese dado cuenta de lo que quería hacer.

Nadie, aparte de su hermano Rupert, la entendía tan bien.

–Por supuesto que he roto algunas reglas.

Todo el mundo sabía que Flynn había desafiado las normas establecidas en Frayne Hall. El padre de Ava siempre se había quejado de él y lo había acusado de muchas cosas, desde cazar furtivamente a faltarle al respeto, e incluso de ser demasiado listo.

Para Ava, que era siete años más joven que Flynn, sus proezas habían tenido dimensiones míticas, y había llegado a verlo como a Robin Hood o al Zorro. Había aplaudido su audacia y había llorado su ausencia cuando se había marchado de la finca. Había deseado seguir sus pasos y alzarse contra la opresiva autoridad de su padre. Y al final lo había hecho, pero los años de conformismo le habían pasado factura.

—Pero ¿ahora eres un hombre de negocios?

Ava se había llevado una gran sorpresa al descubrir que Flynn el inconformista se había convertido en un respetado empresario.

—Asumo riesgos calculados, pero cancelar citas importantes no es mi estilo —dijo, dejando de sonreír—. O no lo era hasta ahora. Hasta que has llegado tú.

El calor de su mirada hizo que Ava ardiese por dentro.

—Yo también estaré de nuevo en Londres la semana que viene —le dijo sin aliento.

Flynn negó con la cabeza.

—No podía esperar tanto.

A Ava se le aceleró el pulso al descifrar su mirada. Él la agarró de la mano y se la llevó a los labios sin apartar la vista de la de ella.

Era la primera vez que la besaba.

En París, Ava se había preguntado si iba a hacerlo, había tenido la esperanza de que lo hiciera. Y se había reprendido después por no haber dado el primer paso.

Oyó voces, pero no las registró. Tenía todos los sentidos puestos en los cálidos dedos que habían agarrado los suyos y en la presión de unos labios sorprendentemente suaves en su piel.

Flynn le dio un beso en la palma de la mano y ella se estremeció de placer.

Aturdida, sacudió la cabeza. No era del todo inocente. Había salido con hombres, se había besado con ellos, pero nunca había vivido una experiencia tan sumamente erótica.

Estaban vestidos, en un lugar público y, no obstante, con aquel sencillo gesto, Flynn había conseguido que temblase de deseo. Ava se sentía optimista, ligera como el aire, como si se hubiese tragado toda la luz del sol.

—¿Has venido por mí? —susurró, incapaz de creérselo.

A pesar de que había tenido una niñez privilegiada, nadie había hecho nunca que se sintiese especial. Para su padre había sido como una mercancía, no una persona por derecho propio.

—Sí, he venido por ti.

Flynn siguió acariciándole la palma de la mano con los labios y ella volvió a temblar.

—Ya te he dicho que no podía estar lejos de ti.

Ella le tocó la mejilla y pasó la mano por su pelo corto.

—Te he echado de menos. Pensé que no volvería a verte —admitió.

De repente, le parecía una tontería tener dudas.

Él sonrió.

—Yo también te echaba de menos, Ava. Una semana en París no fue suficiente. Necesitaba más.

Ava todavía estaba asimilando aquello cuando él se inclinó y recogió algo del suelo. Era su guía de Praga. Ava no se había dado cuenta de que se le había caído de la mano.

Notó calor en las mejillas y tomó el libro. Nunca había sido torpe. Tenía veinticuatro años y nunca se dejaba impresionar por ningún hombre, por encantador que fuese. Sobre todo, si era encantador. La vida le había enseñado a ser cauta, incluso desconfiada.

Pero con Flynn era como si volviese a tener diecisiete años y estuviese despertando con torpeza al amor.

Sus diecisiete años no habían sido así.

Tuvo una sensación de amargura al pensar aquello.

Con diecisiete años no había podido pensar en el amor ni había podido soñar. La dura realidad le había enseñado que todo lo bueno tenía un precio.

¿Qué tenía Flynn que hacía que olvidase aquellas lecciones aprendidas duramente? ¿Tal vez que no tenía nada que ganar estando con ella? ¿Que no tenía una segunda intención? ¿Que lo que le interesaba era ella en sí y no, como había ocurrido con frecuencia en el pasado, quién era?

Porque Flynn era auténtico. Lo conocía de toda la vida y le había demostrado que podía confiar en él.

¿Cómo no iba a hacerlo, si la había ayudado en la peor noche de su vida? ¿Si la había inspirado a cambiar de vida sin saberlo?

—Gracias —le dijo sonriendo.

Él se quedó sorprendido un instante y luego la agarró suavemente del brazo.

—He hecho bien viniendo a Praga.

Luego la miró a los ojos.

—¿Verdad?

Ava dudó un instante.

—Por supuesto —respondió, agarrándolo del brazo ella también y disfrutando de la sensación.

—¿Nos vamos de aquí?

—Sí —dijo Ava, dispuesta a seguirlo a cualquier parte.

Por primera vez en su vida, estaba enamorada. Completamente enamorada.

Flynn era el hombre con el que siempre había soñado: comprensivo, carismático, divertido, sexy, de carácter afable, considerado y, al mismo tiempo, fuerte. Cariñoso.

Ava siempre había desconfiado de los hombres, pero conocía a Flynn. Él nunca le había hecho daño ni había jugado con ella.

Era especial. Siempre lo había sido.

Y ella se preguntó por qué no se dejaba llevar por sus sentimientos por primera vez.

Estaba cansada de que las sombras de su pasado le limitasen la vida.

Salieron del palacio a la luz del sol y Ava tuvo la sensación de estar protagonizando su propio cuento de hadas.

Capítulo 3

VIERON la puesta de sol desde la romántica terraza de un restaurante situado en una colina. Con las manos agarradas, charlaron, se rieron y bebieron el delicioso vino local.

Flynn tenía toda su atención puesta en ella y Ava nunca se había sentido tan importante, tan... querida.

Y, cuando Flynn la acompañó al hotel, no quiso que la magia terminase.

—¿Subes a mi habitación? —le preguntó casi sin aliento.

Nunca había deseado tanto a otro hombre. De hecho, había pensado que jamás desearía a ningún hombre, pero siempre había sentido debilidad por él, desde la adolescencia.

De repente, la mirada de Flynn se volvió inescrutable, pero ella lo agarró de la mano.

—Ve tú delante —le dijo él.

Y a Ava se le aceleró el corazón.

Habían pasado la tarde y parte de la noche juntos, pero Flynn no había intentado intimar y ella se lo agradecía. No obstante, sabía muy bien lo que quería. Nunca había tenido nada tan claro.

Tuvo que hacer dos intentos antes de poder abrir la puerta de la habitación y suspiró cuando lo consiguió.

—Ten cuidado con la cabeza, el techo es abuhardillado.

Entró, se giró y lo vio allí, cerrando la puerta. Y sintió algo que no supo si eran nervios, dudas o emoción.

Tenía las manos sudorosas y los pezones erguidos. Flynn bajó la vista a su camiseta y ella se quedó sin aire.

Y entonces supo que no eran dudas, sino deseo. Le gustaba que Flynn la mirase así. Hacía que se sintiese muy femenina.

Ella dejó la llave encima del escritorio y Flynn le quitó el bolso del hombro y lo dejó junto a esta.

Ava tragó saliva y se sintió torpe de repente.

Era la primera vez que invitaba a un hombre a su cama.

Decidió acercarse a él y Flynn la agarró para acercarla más, haciendo que apoyase las manos en su sólido pecho y que sintiese su calor.

A Ava solo le dio tiempo a comprobar que tenía el corazón mucho más tranquilo que el suyo cuando Flynn la agarró por las caderas y la atrajo hacia él.

—Pareces un gato a punto de tomarse un tazón de leche.

—Así es como me siento —susurró él mientras le acariciaba suavemente la cintura.

—¿Significa eso que estás dispuesto a ronronear por mí? —le preguntó, abrazándolo por el cuello.

A él le brillaron los ojos y Ava pensó que no era precisamente un animal doméstico.

Seguro que tenía mucha experiencia con las mujeres. Era un hombre atractivo y seguro de sí mismo.

—Ponme a prueba y verás.

La acercó todavía más, hasta que Ava apoyó su pecho en el de él.

Ella se puso de puntillas, lo miró a los ojos y lo besó, con indecisión al principio.

Flynn dejó que explorase y mantuvo una actitud

pasiva. O casi pasiva, porque sus labios respondieron con cuidado.

Se apretó más contra él y descubrió que estaba excitado.

Entonces el beso cambió y Flynn dejó de fingir pasividad para asumir el control de la situación.

Ava cerró los ojos y se dejó llevar por las sensaciones, cada vez más potentes. Notó que se derretía por dentro y solo supo que necesitaba más.

Le acarició el pelo y lo apretó contra ella, su torpeza hizo que le golpease el labio con los dientes y Flynn gimió con frustración.

—Despacio...

Ava se movió casi sin darse cuenta y quedó apoyada contra la pared, entre esta y la erección de Flynn.

Se sintió acorralada, a su merced, y le encantó. Aturdida, pensó que era maravilloso relajarse y limitarse a sentir. Flynn la embriagaba.

Lo abrazó con fuerza y se estremeció. El olor de su piel, a naturaleza, la inundó y su delicioso sabor hizo que desease más.

Entonces, Flynn metió una mano entre ambos y le acarició un pecho, y a Ava le ardió la sangre en las venas.

El sonido del gemido de Ava lo excitó. Por no hablar de su sabor. Sabía a sol y a frambuesas frescas. Era como los interminables veranos de la niñez. Y como el sexo.

Flynn le acarició el pecho y ella se apretó más contra su cuerpo.

Respondía enseguida a sus caricias. Ardía entre sus manos, haciendo que el cuerpo de Flynn se incendiase también.

La ayudó a separar las piernas metiendo un muslo entre ellas y Ava le dejó hacer, lo besó todavía con más pasión.

Y él gimió contra sus labios. Lo estaba matando.

¿Quién se habría imaginado que aquella delicada belleza inglesa sería toda una tigresa? Flynn había pasado una semana esperando el momento adecuado, con cuidado para no asustarla, pero era evidente que Ava lo deseaba también.

Pasó el pulgar por su pezón y notó que se estremecía. Bajó la otra mano a su trasero y se lo apretó a través de los ajustados vaqueros mientras la empujaba con la erección.

No recordaba haber deseado nunca tanto a una mujer. Aquello no estaba siendo como se había imaginado.

Aunque era normal. Al fin y al cabo, hacía años que la deseaba.

–Flynn...

Fue un suspiro y una promesa. Una invitación que no pudo rechazar.

Sin soltarla, se giró hacia la cama, y se golpeó contra el techo.

–¿Estás bien? –le preguntó Ava, tocándole la cabeza con cuidado.

–Sí.

Entonces se dio cuenta de que lo que había al fondo eran dos camas individuales. ¡Dos camas individuales! Ava debía de haber reservado aquella habitación cuando todavía había esperado que la amiga que después se había puesto enferma la acompañase en su viaje.

Ava se movió, lo apretó con ambos muslos, y Flynn volvió a centrarse.

No necesitaban una cama. Podían hacerlo en el suelo. O allí mismo.

Volvió a colocarla contra la pared y metió una mano entre ambos y después entre las piernas de Ava. Solo los vaqueros y algo de ropa interior lo separaban del lugar en el que quería estar. Ella inclinó la pelvis hacia su mano y Flynn ardió de deseo.

La primera vez sería rápida y furiosa, pero después se tomaría su tiempo y aprendería cada centímetro de su piel.

La volvió a besar apasionadamente y ella respondió sin dudarlo.

Sus ganas se veían amortiguadas por una pequeña torpeza que a Flynn le resultó adorable. ¿Cuánto tiempo hacía que no estaba con una mujer inexperta? Desde la adolescencia. Y después de haber estado muchos años solo con mujeres sofisticadas y expertas, aquello era como un soplo de aire fresco.

Siempre había sabido, desde el principio, que era la mujer perfecta para él.

Pasó la mano por la cremallera de los pantalones y entonces algo hizo que se detuviera. Voces. Una puerta. Frunció el ceño y levantó la cabeza.

—No pasa nada, están en la habitación de al lado —susurró Ava.

Flynn cerró los ojos y pensó que las paredes debían de estar hechas de cartón.

A sus espaldas se oyó un portazo y pensó que era en aquella misma habitación, pero debía de ser en otra.

Se maldijo.

—¿Flynn?

Ava le acarició la mandíbula y aquello casi fue suficiente para que superase todas sus dudas.

Entonces abrió los ojos y vio los de ella, azules como el cielo. En ellos había deseo, pero también dudas. Era la primera vez que había visto dudas en la mirada de una mujer con la que se iba a acostar.

Pero Ava no era como las demás. Era inocente.

Ava lo deseaba, pero no tenía experiencia. Tal vez incluso fuese virgen.

Virgen con veinticuatro años. No era posible.

Ella le mordisqueó el cuello y le fue dando pequeños besos en él. Estuvo a punto de hacer que perdiese el control. Bajó las manos a su trasero y Flynn notó que se mareaba.

Pero volvió a mirar hacia las dos camas. Oyó risas en la habitación de al lado y, muy a su pesar, dejó que su conciencia se despertase.

Era la primera vez de Ava.

El instinto le pidió que dejase a un lado los escrúpulos y que hiciese lo que quería hacer. Lo que los dos querían.

—Flynn.

Ava le dio un beso en los labios y él volvió a dudar, pero entonces la agarró del codo y retrocedió. Tragó saliva.

—¿Qué ocurre?

Ava lo miraba con deseo, tenía los labios henchidos por los besos.

Y él ya se estaba arrepintiendo de lo que iba a perder.

—No pasa nada —respondió con una voz que no era la suya.

Ava se inclinó hacia él, pero Flynn retrocedió.

—Esto no es buena idea.

Acababa de darse cuenta de que aquella iba a ser la primera vez de Ava, y que ella se merecía algo mejor.

—¿Qué quieres decir?

–Que no puede ser aquí. Ahora... Así –dijo, refiriéndose a la habitación.

De repente, Flynn se dio cuenta de cómo había cambiado la vida de Ava desde que la conocía. Anteriormente, jamás se habría alojado en un hotel que no fuese de cinco estrellas.

No obstante, nunca se había quejado de que sus circunstancias hubiesen cambiado. En vez de eso, había sido optimista por poder visitar Praga durante sus dos semanas de vacaciones.

Ava levantó la barbilla.

–Si a mí no me importa...

–A mí sí.

No pudo evitar acariciarle la garganta y tocarle aquella barbilla tan belicosa. Tuvo que contener una sonrisa al notar que se estremecía. Era evidente que era toda suya.

Flynn no se pudo creer que estuviese comportándose de manera tan noble. No era lo que había planeado ni lo que iba a favor de sus intereses.

No obstante, se apartó antes de sentir la tentación de volver a pegarla a su cuerpo. La expresión de Ava, medio aturdida, medio enfadada, no lo ayudó. Quiso reemplazarla por la mirada de deseo que tan bien le hacía sentirse.

Apretó los puños y los volvió a abrir.

–Será mejor que me marche.

Retrocedió con torpeza por culpa de la erección.

La sorpresa del rostro de Ava le hizo saber que tenía que decirle algo más, pero no fue capaz. No sabía por qué, pero tenía la sensación de estar haciendo lo correcto.

–Hasta mañana, Ava.

Capítulo 4

HASTA mañana».

Ava hizo una mueca de dolor. Flynn la había dejado con desinterés.

Y ella se sentía indignada. Evitó mirarse al espejo porque sabía lo que iba a ver. Estaba enfadada, pero también decepcionada, y excitada. Le había costado mucho dormir.

Apretó los labios. ¿Qué había hecho mal? No era posible que hubiese malinterpretado las señales.

Sacudió la cabeza. Lo estaba haciendo otra vez: repetir en su mente la humillante escena de la noche anterior.

Habría sido ingenuo pensar que Flynn había parado por el lugar en el que estaban. Tal vez llevase zapatos hechos a mano y ropa de sastre, pero procedía de una familia trabajadora. Había vivido en una casa modesta en la finca. Los Marshall nunca habían sido pretenciosos.

Si Flynn se había marchado la noche anterior no había sido por la habitación. Así que tenía que haber sido por ella.

Su orgullo le dijo que era ridículo pensar que era tan poco atractiva que lo había espantado. No había sido esa su impresión cuando se habían besado.

Salvo que él no hubiese querido hacerlo.

Había sido ella la que lo había invitado a subir a la habitación.

Había sido ella la que había empezado el beso.

¿Podía haberse equivocado?

Llamaron a la puerta, interrumpiendo sus pensamientos.

¿Sería Flynn? Se le aceleró el pulso y quiso fingir que no había oído los golpes. Enfadada consigo misma, puso los hombros rectos y fue hacia la puerta.

El hombre que había al otro lado era bastante más bajo que Flynn y el doble de ancho. En las manos tenía una caja con un maravilloso arreglo de peonías y camelias.

—¿Señorita Cavendish?

Ella asintió y el hombre sonrió y le dio las flores. Después se inclinó ligeramente, se dio la vuelta y empezó a bajar las escaleras.

Ava cerró la puerta de la habitación. Las flores eran tan perfectas que parecían de tela, pero tocó un pétalo con cuidado y comprobó que eran reales.

Con manos temblorosas las dejó encima de la mesa y, de repente, la habitación se transformó en un lugar lujoso y exótico.

Se dejó caer en la cama.

Era la primera vez en veinticuatro años que le habían regalado flores. ¡Qué patético!

La imagen de unas rosas rojas como la sangre, de tallo largo, inundó su mente. Ava se estremeció e intentó pensar en otra cosa. Aquello no había sido un regalo, sino una declaración de posesión.

Se abrazó y miró las flores: lozanas, sensuales, preciosas. Tomó la tarjeta que llevaban.

Me han recordado a ti.

No estaba firmada, pero tenía que ser de Flynn.

Ava parpadeó. ¿Le habían recordado a ella? Frunció el ceño. ¿Eran lozanas y voluptuosas o puras y virginales? ¿Cómo la veía Flynn?

Su figura era femenina, pero no precisamente voluptuosa. Y con respecto a lo de virginal... Flynn no sabía eso.

El problema era que no sabía qué había entre ambos.

Había perdido el hábito de mantener las distancias con los hombres en el momento en el que Flynn le había sonreído en París.

Y había pensado que lo conocía, pero no entendía por qué se había marchado tan bruscamente la noche anterior.

¿Qué iba a hacer al respecto?

¿Y qué iba a hacer con respecto a los sentimientos que tenía por él?

Ava se puso las gafas de sol nada más salir del hotel. Había dado tres pasos cuando una sombra alta se apartó del edificio de color pastel que había enfrente.

Flynn. El corazón se le subió a la garganta, dejándola sin aire.

–¿Me perdonas?

–¿Por qué? ¿Por haberme mandado flores?

–Por haberme marchado.

A pesar del brillo de sus ojos, parecía tenso, o arrepentido. O tal vez ella estuviese viendo cosas que no estaban ahí.

Ava se encogió de hombros y adoptó la perfecta máscara de chica educada que había perfeccionado durante la adolescencia.

–Es normal que estés enfadada.

Ava arqueó las cejas. Nadie, salvo Rupert, había sido capaz de adivinar lo que pensaba cuando se ponía aquella máscara.

—Lo siento —añadió Flynn en tono suave.

A ella se le irguieron los pezones al instante y sintió calor entre los muslos. Era como si su cuerpo se estuviese preparando para retomar la situación que habían interrumpido la noche anterior. Apretó los labios ante la traición de su cuerpo. Ningún otro hombre la había debilitado así.

—Si te sirve de consuelo, marcharme fue lo más difícil que he hecho nunca.

Sus ojos la hipnotizaron y Ava deseó poder creerlo.

—Entonces, ¿por qué lo hiciste?

Él sonrió de medio lado y Ava se enfadó al darse cuenta de que lo deseaba todavía más.

—Porque te merecías algo mejor.

—¿Mejor que tú?

Ava no podía imaginarse a nadie mejor que Flynn. Su ira aumentó.

Él negó con la cabeza.

—Eso es imposible. Solo de pensar en que pudieses estar con otro hombre... No, no lo soportaría.

Aquello la molestó, no pudo evitar recordarse a sí misma que ningún hombre tenía derecho a controlarla.

—Me refiero a que te merecías algo mejor que una cama pequeña y una habitación con las paredes tan finas que los vecinos iban a poder oír tus gemidos e imaginarse exactamente lo que estábamos haciendo al oír chirriar los muelles del colchón.

Ava sintió todavía más calor y deseó tocarlo.

—Eso tenía que haberlo decidido yo —le contestó con voz gutural, cargada de deseo—. No tenías que haberte marchado.

–Lo sé.

Flynn le rozó la barbilla con la mano y ella tragó saliva. Deseó que la indignación pudiese evitar que se tambalease con sus caricias.

–Fue un comportamiento lamentable. Mi única excusa... –susurró– es que, si no me hubiese marchado, no habría tenido ningún escrúpulo. Te habría hecho mía allí mismo, contra la pared, como un adolescente enloquecido. No habría parado hasta que me hubieses abrazado con las piernas por la cintura y hubieses gritado mi nombre, extasiada.

Ava abrió mucho los ojos. Respiró hondo.

–¿Qué habría tenido eso de malo? –preguntó.

Él sonrió y echó a andar a su lado.

–Nada.

La sonrisa de Flynn tenía ese toque salvaje que siempre había asociado con él. En aquellos momentos, Ava sintió dudas, lo vio como un cazador acechando a su presa.

–Habría sido increíble.

Flynn bajó la vista a sus pechos. Los pezones erguidos se marcaban a través de la camiseta de algodón. Ella deseó tapárselos, ocultar la respuesta de su cuerpo.

De repente, Flynn volvió a mirarla a los ojos.

–Después te habrías arrepentido. Cuando hubiese llegado el momento de separar nuestros cuerpos y alisarse la ropa, te habrías sentido incómoda. Sobre todo, sabiendo que toda la planta del hotel había oído como te deshacías entre mis brazos.

Flynn tenía razón. Se habría sentido incómoda, aunque no se imaginaba arrepintiéndose por haber hecho el amor con Flynn. Lo que lamentaba, y mucho, era no haberlo hecho.

Él apoyó una mano en su cintura.

–Quiero que nuestra primera vez sea perfecta. Quiero mimarte, hacer que te sientas especial. No como una aventura barata.

A Ava le gustó oír aquello.

Flynn la deseaba. Sus dudas habían sido ridículas. Vio deseo en su rostro y se sintió emocionada.

–Además... –continuó él, acariciándole la oreja con el aliento–. Quiero que tu primera vez sea memorable en todos los aspectos.

Ava tardó en asimilar sus palabras. Echó la cabeza hacia atrás. Flynn no podía saberlo. Ella era la única que sabía que nunca había estado con un hombre. ¡Y no lo llevaba escrito en la frente!

–¿Qué quieres decir con eso de mi primera vez? –inquirió, avergonzada.

Flynn la miró fijamente.

–La virginidad no es algo de lo que haya que avergonzarse.

–No me avergüenzo –replicó, dándose cuenta demasiado tarde de que había confirmado sus sospechas.

Él asintió.

–Bien.

Pasó la mano por su mejilla caliente y la miró fijamente.

–A mí la idea me encanta.

Le apoyó la mano en la base del cuello y la acarició allí. La miró como si realmente fuese suya.

–¿Estás obsesionado con las vírgenes? –preguntó en tono tenso, abrasivo.

De repente, se sintió transportada a lo ocurrido siete años antes en Frayne Hall.

–¿Ava? ¿Qué te pasa?

Ella se quedó sin aire.

—Háblame —le ordenó él, haciéndola volver al presente, a la calle tranquila en la que estaban, al hombre que la miraba con preocupación.

—Nada.

Era mentira, pero la alternativa, contarle aquel viejo secreto, no era una opción. Hacía que se sintiese sucia.

Respiró hondo.

—No me gusta pensar que es mi virginidad lo que te interesa, y no yo.

—¿Eso es lo que te molesta?

A Flynn se le iluminó el rostro. Tomó la mano de Ava y le lamió la palma hasta llegar a la muñeca. Ella se estremeció, su cuerpo cobró vida.

—Te aseguro que las vírgenes, en sí, no me tientan. Es a ti a quien quiero y no solo en mi cama.

Parecía sincero y las dudas de Ava se disiparon.

—¿Qué quieres, Flynn?

—Ven conmigo —le dijo, agarrándola de la mano—. He organizado algo que te va a gustar. Ya hablaremos de esto después.

Ava se quedó donde estaba. Necesitaba respuestas. Se sentía dividida entre la certeza de que Flynn era su media naranja y la extraña y desconcertante idea de que se le había escapado algo vital. Al parecer, su relación no era la aventura salvaje que parecía.

—Dímelo ahora. Necesito entenderlo.

Sus ojos oscuros le estudiaron el rostro, terminando en los labios.

—Por favor, Flynn.

Él sonrió y sacudió la cabeza.

—Lo tenía todo planeado. No iba a ser así.

—¿El qué no iba a ser así?

Allí estaba otra vez, aquella mirada que le decía que Flynn no era como los amigos de su padre. A pesar del reloj de oro, de la ropa cara y de su éxito en los negocios, había en él algo elemental.

Para su sorpresa, Flynn se arrodilló en la calle empedrada. Apoyó en ella una sola rodilla, para ser más precisos.

—¿Quieres casarte conmigo? —preguntó muy serio.

A ella se le hizo un nudo en el estómago, se sintió aturdida, le empezaron a temblar las manos.

—Te quiero en mi cama, cariño, pero quiero mucho más. Quiero que seas mi esposa.

—Yo... —balbució Ava, que jamás se habría imaginado aquello.

Se le encogió el corazón al pensar que Flynn quería pasar la vida con ella.

—Solo hace una semana que nos conocemos.

Él arqueó las cejas.

—Nos conocemos desde hace años.

Aunque él era siete años mayor y siempre había estado ayudando a sus padres en la finca antes de marcharse a estudiar a Londres.

No obstante, Ava sabía cómo era. Sabía que era un hombre íntegro.

Y luego estaba la noche del accidente. La noche que lo había cambiado todo. Flynn no tenía ni idea de cuánto había significado aquello para ella.

Se había preocupado por ella como no lo había hecho nadie más en aquella casa.

Ava se había sentido más fuerte con su apoyo.

Era normal que se hubiese enamorado de él. Tenía todo lo que quería en un hombre: honor, respeto, confianza. Pasión.

—Pero... ¿casarnos?

Él siguió arrodillado, como si no le diese vergüenza.

—¿No te gusta la idea?

–No me la he planteado.

Jamás había soñado con casarse, probablemente porque había visto cómo había sido el matrimonio de sus padres y sabía que era como una cadena perpetua. Incluso en esos momentos, sabiendo que estaba enamorada de Flynn, la idea del matrimonio la hizo dudar.

–Piénsalo –murmuró él–. Tú y yo juntos.

Su mirada estaba llena de pasión y Ava tragó saliva. La propuesta era hilarante, pero también tentadora. Estar siempre con Flynn...

–Necesito tiempo –respondió.

Esperó a que la mirada de Flynn se volviese penetrante, como había ocurrido con su padre cuando no se había salido con la suya.

Flynn se limitó a asentir e incorporarse.

–Por supuesto.

Entrelazó un brazo con el de ella de manera posesiva y a Ava le encantó. ¡Flynn la quería! Estaba sorprendida y encantada.

–Ven. Quiero llevarte a un sitio. Podremos hablar allí.

El lugar al que quería llevarla resultó ser la lujosa terraza de un restaurante que había junto al río. Las vistas eran perfectas y, a pesar de ser la hora de la comida, estaba vacío.

A Ava le pareció mágico, aunque después se dio cuenta de que el camarero no permitía sentarse a nadie más.

–¿Has reservado el restaurante entero? –preguntó, medio riéndose.

La idea le parecía absurda.

Flynn tomó su mano por encima de la mesa y la miró a los ojos.

–Quería estar a solas contigo.

–Pero...

Ava sabía que tenía éxito en los negocios. Lo sabía por lo poco que él le había contado y por su ropa, pero reservar un restaurante entero... sobre todo, uno tan lujoso...

–¿De verdad?

–De verdad. No te preocupes, puedo permitírmelo, pero prefiero que hablemos de nosotros.

Ava suspiró. «Nosotros». Sonaba tan bien...

Flynn levantó su copa de cristal.

–Por nuestro futuro juntos.

Automáticamente, ella levantó la copa también.

–Por el futuro.

Flynn sonrió.

–Sigues sin estar segura.

Ella dio un sorbo y notó que las burbujas pasaban directamente de su lengua a su cabeza. O tal vez fuese Flynn, que tenía ese efecto en ella.

–Sigo sorprendida. Ni siquiera sabemos si somos físicamente compatibles.

Él cambió de expresión.

–Yo pienso que lo ocurrido anoche demuestra que no vamos a tener problemas de ese tipo. Juntos somos pura dinamita.

Le acarició la muñeca y ella se estremeció. No podía desearlo más.

–Pero el matrimonio es mucho más que una atracción física.

¿Por qué estaba discutiendo con él? Estaba completamente enamorada de Flynn, pero sabía que no podía tomar una decisión tan importante en un segundo.

–¿No piensas que somos compatibles? ¿No has disfrutado del tiempo que hemos pasado juntos?

–Por supuesto que sí. Ha sido... maravilloso. Nunca me había sentido así, pero solo ha sido una semana.

–¿Cuánto tiempo necesitas para estar segura? ¿Un mes? ¿Un año?

Flynn dejó su copa y se inclinó hacia delante, apartando de él un plato con aperitivos.

–Yo lo supe desde que te vi en París.

A Ava se le cortó la respiración. ¿Un flechazo? No podía ser más romántico.

La expresión de Flynn era de completa seguridad. A Ava se le encogió el corazón.

–¿Tanto te importo?

–Para mí, eres la única mujer del mundo. Nunca había querido casarme con nadie. Eres perfecta en todos los aspectos, perfecta para mí. Me conviertes en un hombre completo.

–Flynn...

Él le quitó la copa de la mano y la sentó en su regazo.

–¿Yo a ti no te importo?

Le rozó la oreja con los labios, haciendo que se estremeciese.

–Me importas, Flynn. Y lo sabes.

–Entonces, dime que sí y yo te organizaré la mejor boda que se pueda organizar en Londres. Ya te imagino de blanco, con una larga cola...

–¡No! –respondió ella, poniéndose tensa.

–¿Ava? ¿Qué te pasa?

Ella negó con la cabeza.

–No quiero una boda así. Ni ir de blanco.

–Pero si estarías preciosa –insistió él en tono dulce.

–No, no quiero ir de blanco.

Recordó el vestido largo de noche que se había puesto para el último baile de invierno de Frayne Hall.

Al verlo le había parecido bonito, casi virginal, pero se le había pegado al cuerpo como una segunda piel, exhibiéndola ante las miradas ávidas. Después había descubierto que había sido así a propósito.

Se estremeció.

—De acuerdo, no irás de blanco.

Flynn parecía sorprendido, pero Ava no iba a darle explicaciones. Prefería no pensar en el pasado y continuar con su vida.

—Si me caso...

Hizo una pausa, segura de que Flynn iba a escuchar sus condiciones.

—No quiero una boda por todo lo alto.

—Pero ¿querrás que tus amigos y tu familia te acompañen?

Ava negó con la cabeza. Tenía un par de buenos amigos. Hacía años que había aprendido a distinguir a aquellas personas que realmente se interesaban por ella de las que solo pensaban en el estatus y el dinero de su familia. Al perder el dinero, había perdido a muchos amigos. Y con respecto a la familia, solo tenía a Rupert y estaba en Estados Unidos. Sus padres habían fallecido.

—No, si me caso, me gustaría que fuese una boda íntima.

—Y yo que pensaba que te encantaban el encaje y las rosas. Pensé que eras una romántica —le dijo él en tono alegre, pero con expresión seria, como si fuese consciente de su tensión.

Ella se encogió de hombros.

—Me encantan el encaje y las rosas, pero no quiero que algo tan íntimo se convierta en público.

—Entonces, ¿te vas a casar conmigo? —le preguntó Flynn, obligándola a levantar el rostro.

–Necesito tiempo para pensarlo.

Una voz interior le dijo que estaba loca. Quería a Flynn, lo deseaba, y antes o después tenía que aprender a confiar.

–En ese caso, es una suerte que yo sea un experto en el arte de la persuasión.

Capítulo 5

CINCO días después se casaron en Praga.

Ava agarró la mano de Flynn con fuerza y siguió una ceremonia que tenía que haber carecido de emoción, al no estar presente la familia ni los amigos. No obstante, su simplicidad hizo que aumentase el poder de los votos que se intercambiaron.

Ava se sintió feliz cuando Flynn la besó con ternura. Pero el deseo estaba ahí.

Flynn se había empeñado en respetarla durante los cinco últimos días porque había dicho que quería que su noche de bodas fuese especial.

Si no hubiese sabido que era sincero, tal vez hubiese sospechado que Flynn había utilizado la tensión sensual que había entre ambos para convencerla de que se casase con él tan pronto.

Lo abrazó por el cuello y lo miró a los ojos. La mirada de Flynn era triunfante y ella también se sentía eufórica. Había tomado la decisión acertada. A pesar de la rapidez de su romance, sabía que Flynn era el hombre de su vida.

–Vamos, señora Marshall –murmuró él, sonriendo de medio lado–. Es el momento de las fotografías.

–¿Hay que hacerlas?

Flynn se echó a reír y Ava no pudo evitar sonreír.

–Quiero poder enseñarles las fotografías a nuestros

nietos —le dijo en voz baja, ronca—. Estás tan perfecta que quiero un recuerdo.

—Es la primera vez que me llaman perfecta. Me conformaría con que dijeses que estoy guapa.

Iba ataviada con un vestido midi de seda dorada cubierta de encaje y se sentía guapa. No sofisticada, como le había gustado a su padre, pero sí guapa y fresca. La falda ancha y la cintura ajustada hacían que el vestido fuese desenfadado, de estilo retro. Las mantas largas, ajustadas, de encaje, eran deliciosamente femeninas.

No sabía cómo había conseguido Flynn aquel vestido y unos zapatos a juego, todo de su talla, en tan pocos días. Había recordado su debilidad por el encaje y las rosas. De estas flores estaba hecho su ramo y también el adorno que llevaba en el pelo.

—No solo guapa —le dijo Flynn—, preciosa, increíble, perfecta.

Otra vez aquella palabra, pero a Ava no le dio tiempo a pensar en ello, porque de repente entraron en una pequeña habitación de techos muy altos que la dejó sin habla. El techo y las paredes estaban cubiertos de brillantes mosaicos.

—¿Se puede sentar la novia junto a la ventana? —preguntó el fotógrafo.

Ava no se movió. No quería una foto suya, sino una foto, un recuerdo, de los dos.

—¿Te sientas conmigo?

Flynn asintió.

—Por supuesto, pero antes hazte una foto tú sola.

Al final no fue una foto, sino muchas, pero Ava no protestó. Le gustó ver a Flynn observándola, con las manos en los bolsillos, como si no pudiese apartar la vista de ella. Era su expresión, más que el encaje y las flores, y el peso del anillo en su mano, lo que hizo que se sintiese como una novia preciosa.

–Estupendo –dijo el fotógrafo, acercándose más–. Sencillamente maravillosa.

Por fin salieron a la calle adoquinada, justo en el momento en que el reloj de la torre daba la hora. Los turistas se giraron a fotografiarlo mientras ellos avanzaban por los pétalos de rosas de color crema hacia un coche de caballos.

–Veo que ha empleado todos los medios a su alcance, señor Marshall –le dijo Ava sonriendo.

Había conseguido su boda íntima en un acto muy romántico, pero había evitado la pomposidad que Ava tanto detestaba.

–Me alegro de que le guste, señora Marshall.

Lo importante no era el dinero que se había gastado en organizar aquello, sino que la había escuchado y había conseguido que fuese un día especial. Era natural que Ava estuviese tan enamorada de él.

–Te quiero, Flynn. Te quiero tanto...

Él se giró y la besó apasionadamente.

–Me has hecho el hombre más feliz del mundo.

Luego subieron al carruaje y atravesaron la ciudad hasta llegar a un lujoso hotel. Subieron a su suite y Ava miró a su alrededor mientras Flynn cerraba la puerta con el pie sin soltarla.

Ava había huido de los hombres con actitud dominante, o, más bien, de los hombres en concreto, desde que había conseguido liberarse de las maquinaciones de su padre. No obstante, en Flynn aquella actitud más que causarle rechazo, le excitaba.

Vio que había un abundante bufet esperando encima de la elegante mesa de comedor.

—¿Esperamos a alguien? —preguntó, frunciendo el ceño.

Él dejó de andar y la tomó entre sus brazos, y Ava apoyó la mano en su pecho, a la altura del corazón, y le gustó ver que lo tenía acelerado.

—¡Por supuesto que no! ¿Por qué?

Ella señaló hacia la mesa y Flynn sonrió y volvió a empezar a andar.

—Es nuestro desayuno nupcial.

—Pero si hay comida para todo un ejército.

Flynn la devoró con la mirada.

—El chef ha debido de pensar que vamos a necesitar recuperar fuerzas.

Después de aquello entraron en el dormitorio, dominado por una enorme cama con dosel cuyas sábanas estaban salpicadas de pétalos de rosa. Junto a la cama había una cubitera con una botella.

A Ava le encantó. Sobre todo, porque Flynn se había esforzado por que aquel fuese un día romántico, especial.

—Oh, Flynn. Es precioso. Gracias.

—Ha sido un placer —respondió él, dándole un beso en el pelo y ayudándola a sentarse en la cama.

Luego, se dispuso a abrir la botella.

A pesar de estar acostumbrada a los ostentosos despliegues de riqueza de su padre, Ava abrió mucho los ojos al ver la marca del vino, que muy pocas personas podían permitirse el lujo de comprar. Si su padre hubiese estado vivo para ver al hijo de su jardinero bebiéndolo, le habría dado un ataque. Ava sonrió solo de pensarlo.

—Por nosotros.

La cama se hundió con el peso de Flynn, que se sentó a su lado y le dio una copa.

Ava la tomó, contenta de poder pensar en otra cosa que no fuese su padre. Sintió calor cuando la mano de Flynn rozó la suya y se giró hacia él para brindar.

—Por nosotros.

Levantó la copa y bebió sin apartar los ojos de los de él.

—Es increíble —susurró después.

Aunque lo más increíble era cómo la hacía sentirse Flynn.

Dio otro sorbo y después le devolvió la copa.

—Pero no quiero más vino.

A él se le iluminó la mirada. Dejó las copas encima de la mesa.

—¿Qué es lo que quieres, Ava? —le preguntó en tono meloso.

Ella se estremeció.

—A ti —respondió, quitándole la corbata y desabrochándole el primer botón de la camisa.

—Si me lo pide así, señora Marshall...

Flynn se quitó la chaqueta y la tiró al suelo sin dejar de mirarla con deseo, como si quisiera devorarla entera. Eso la puso nerviosa.

Tenían que ser los nervios de la primera vez, porque no tenía de qué preocuparse con Flynn. Él la quería tanto como ella a él. No era una cuestión de posesión, sino de amor, se aseguró a sí misma.

Unos segundos más tarde se había quitado la camisa y a Ava se le cortó la respiración al ver su torso perfecto.

Era delgado, pero tenía los músculos muy bien puestos. Ava llevó las manos a su pecho, le acarició el vello, sintió su calor, y se estremeció. Una oleada de calor invadió todo su cuerpo. Notó que le costaba respirar y tragó saliva.

–Ahora, Flynn, te necesito –le rogó, acercándose
más y abrazándolo con una pierna alrededor de la cintura.

–Espera un momento –le dijo él, apoyando una mano
en su cadera.

Ava le dio un beso en el pecho. Sabía a especias y a
sal, y deseó más. Le lamió el cuello y se sintió triunfante al ver que temblaba y la agarraba con fuerza.

Un segundo después estaba tumbada en la cama,
con Flynn encima.

Separó los muslos y pensó que aquello era lo que
quería.

Flynn negó con la cabeza.

–Déjame que haga las cosas bien.

Ella lo miró divertida mientras Flynn le desabro-
chaba un botón del vestido.

–¿Qué haces?

–Seducirte.

–¡No hace falta! Ya me has seducido –respondió
ella con el corazón acelerado.

Solo quería a Flynn.

Intentó sentarse, pero él la empujó con suavidad para
que volviese a tumbarse. El aroma a rosas la envolvió.

–Deja que lo haga por ti. Deja que haga que tu primera vez sea perfecta, que no termine antes de empezar.

Ella le dejó que le fuese desabrochando el vestido
lentamente, entre besos y caricias, le dejó que le qui-
tase los zapatos y que, por fin, le levantase el vestido
para quitárselo por la cabeza con cuidado.

Ava sabía que hacer el amor con Flynn iba a ser
perfecto, lo hiciese como lo hiciese. Lo quería tanto...

Flynn dejó el vestido encima de una silla y ella echó
de menos su cercanía, su calor. Y, cuando se giró hacia

ella, la miró con tal intensidad que Ava estuvo a punto de taparse.

Pero lo que hizo fue llevarse las manos a la espalda y desabrocharse el sujetador. Sus pechos quedaron libres y el aire los acarició.

Vio que Flynn respiraba profundamente y dejaba escapar un gemido.

—¿Has terminado ya de jugar? —le preguntó ella con una voz que casi no reconocía.

Él volvió a acercarse a la cama, su musculoso cuerpo desprendía calor y el bulto que se adivinaba bajo sus pantalones era enorme.

—No estoy jugando, Ava. Ahora eres mía.

Aquella actitud posesiva, que en otra época la habría asustado, le encantó. Ella era suya y él, suyo.

Flynn dio otro paso más y un segundo después la estaba empujando sobre la cama para que volviese a tumbarse y se estaba colocando encima de ella.

La besó apasionadamente, volviéndola loca, y Ava se aferró a sus hombros con desesperación. Flynn le acarició el vientre desnudo y ella suspiró contra sus labios. «¡Por fin!». Levantó las caderas de la cama para ayudarlo a quitarle las braguitas, pero, en vez de eso, Flynn metió la mano por debajo de la prenda de encaje y la acarició.

Ava gimió y se aferró a sus anchos hombros mientras él la acariciaba una y otra vez.

Aturdida, estudió el rostro de Flynn, que estaba tenso y parecía tallado en bronce.

—Te necesito —murmuró.

Él le dio un beso con tal delicadeza, adoración y amor que a Ava se le encogió el corazón. Flynn le demostraba sus sentimientos con cada caricia.

—Te quiero —añadió Ava, sonriendo.

Se sentía tan bien diciéndolo en voz alta...

—Ava —dijo él, mirándola fijamente.

Luego volvió a acariciarla, suavemente. Y de repente bajó la cabeza y le lamió un pezón endurecido antes de tomarlo con la boca. Ava se aferró a su pelo grueso, moreno, mientras disfrutaba de la sensación. Cada lametazo fue haciendo que perdiese el control, hasta que no pudo más.

La desesperación dio paso al alivio cuando Flynn le quitó por fin las braguitas y le separó las piernas, pero en vez de penetrarla, siguió bajando para acariciarla con la boca.

—¡Flynn! —gimió sorprendida.

El placer era tan intenso que Ava tuvo la sensación de salir flotando de su propio cuerpo, temblando.

Entonces, Flynn volvió a subir por su cuerpo y la abrazó con fuerza. Ava se dio cuenta de que Flynn no tenía el corazón acelerado, todo lo contrario que el de ella. Lo único que indicaba que estaba haciendo un esfuerzo por controlarse era su respiración. Eso, y la erección.

Ava se abrazó a él y consiguió que su corazón se calmase un poco, le mordisqueó el cuello y bajó una mano a su abdomen.

—Gracias, señor Marshall —le dijo con una voz ronca que no era la suya—. Ha sido muy...

No supo cómo expresarse.

—¿Placentero? —le sugirió él—. ¿Agradable?

Ava se echó a reír.

—¿Qué tal sensacional?

—Me temo que no, señora Marshall, todavía no hemos llegado a ese punto, pero nos acercamos a él lentamente.

Ava lo miró a los ojos y el corazón le dio un vuelco al ver mucha ternura en ellos.

—No estoy segura de tener fuerzas. O de que vaya a sobrevivir.

Flynn sonrió.

—Todavía no sabes de lo que eres capaz.

Luego le dio un beso en la oreja y le mordisqueó el lóbulo. Ava se volvió a estremecer y, ante su sorpresa, su cuerpo despertó una vez más a aquella nueva sensación.

—Deja que te lo demuestre.

La demostración llevó su tiempo.

Ni en la mejor de sus fantasías había soñado Ava con algo así. El cariño, la paciencia y la generosidad de Flynn eran enormes.

Cuando él se colocó por fin encima de ella, Ava se encontraba como en una nube de felicidad.

—Es posible que te duela un poco –le advirtió Flynn con voz tensa.

—No me importa. Hazlo ya, Flynn, por favor.

Él la penetró lentamente y Ava contuvo la respiración ante una sensación que era extraña y maravillosa al mismo tiempo. Hubo un momento en el que Ava tuvo que hacer un esfuerzo por respirar y él le preguntó:

—¿Estás bien?

Ella tenía el pulso acelerado, la respiración entrecortada, pero sonrió.

—Estupendamente.

Después ya no hubo más palabras, solo el suave roce del cuerpo de Flynn contra el suyo, hasta que Ava fue capaz de seguir el ritmo de sus movimientos. Este aumentó y sus respiraciones se mezclaron. Flynn tenía la mirada clavada en la suya y la conexión que había

entre ambos era... mucho más fuerte de lo que ella se
había imaginado.

Flynn parecía haber dejado de controlarse y se movía cada vez más deprisa, con más fuerza, llevándola
hasta un lugar en el que no había estado antes, hasta
que, en un último empellón, la hizo entrar en aquel sitio y Ava sintió un placer tan intenso que pensó que se
iba a morir.

Oyó a Flynn decir su nombre, sintió su orgasmo caliente dentro y se relajó por completo, saciada, ex-
hausta y sintiéndose más querida de lo que jamás habría podido soñar.

Flynn miró su rostro sonrojado, vio que sus labios,
suaves como pétalos de rosa, esbozaban una sonrisa y
se sintió como si el mundo hubiese desaparecido bajo
sus pies.

Su corazón se fue calmando poco a poco.

Siempre le había gustado el sexo, pero aquello...

Sacudió la cabeza e intentó centrarse.

Obligó a su cuerpo a moverse y se tumbó boca
arriba, llevándose a Ava con él. Ella apoyó la cabeza en
su pecho y las manos de él fueron, por voluntad propia,
a apoyarse en su piel desnuda, que era increíblemente
suave. Que nadie antes había acariciado.

La idea tenía que haberlo hecho sonreír. Ser el primer
amante de Ava era un honor que no había esperado tener. Le extrañaba, siendo la hija de Michael Cavendish.

Aunque era cierto que Ava no se parecía en nada a
su padre. Si no, no se habría casado con él.

Era única.

Y había sido virgen hasta que se había entregado a
él.

Tal vez fuese aquel el motivo por el que se sentía tan extraño.

La abrazó con más fuerza e inhaló el perfume a rosas de su piel.

Se maldijo. Volvía a estar excitado, dispuesto a tomarla de nuevo a pesar de que parecía estar dormida. Flynn apretó los labios. Tendría que esperar. Todavía no estaba preparada y no quería hacerle daño.

Flynn se dijo que por eso había tenido tanto cuidado y había ido tan despacio con ella, para asegurarse de que no estaba demasiado tensa aquella primera vez.

Pero su motivación no había sido solo esa. No había podido evitar sentirse incómodo cuando Ava le había mirado a los ojos y le había dicho que lo quería.

Tenía que habérselo esperado. No era la primera vez que se lo decía mientras lo miraba con adoración. No obstante, oírselo decir le había hecho sentirse mal.

Le acarició la sinuosa curva de la cintura y disfrutó de tenerla allí. Era donde tenía que estar.

Era la mujer perfecta para él y pretendía cuidarla y asegurarse de que tuviese todo lo que quisiese o necesitase, todo lo que ya había tenido y después había perdido.

No obstante, sus palabras de amor lo atormentaron.

Flynn apretó la mandíbula. Ava jamás se arrepentiría de haberse casado con él.

Aun así, siguió sintiéndose incómodo. Frunció el ceño. No tenía la menor duda de que había hecho lo correcto casándose con Ava. Había sido la determinación más sensata, más lógica. La mejor decisión para ambos.

Pero lo que Flynn nunca había valorado era cómo se sentía cuando Ava lo miraba con estrellas en los ojos y le decía que lo quería.

¿Era posible...? ¿Era posible que la culpabilidad lo hubiese motivado a organizar una boda tan romántica, tan perfecta?

Tal vez hubiese sido eso, la culpabilidad, porque de lo que estaba seguro era de que no había sido el amor lo que lo había llevado a casarse con ella.

Capítulo 6

AVA contuvo un grito cuando Flynn abrió la puerta de su piso. Las vistas de Londres eran increíbles incluso desde la entrada. Ella ya había esperado encontrarse con un lugar especial, sobre todo, cuando habían entrado en el ascensor privado del elegante edificio, pero aun así...

–No me habías dicho...

Sus fuertes brazos la levantaron del suelo e hicieron que se apoyase en su pecho. Flynn hacía que se sintiese delicada, mimada. Ava disfrutó de la desconocida sensación de que la cuidasen. Era la primera vez que lo hacían.

Su mundo estaba lleno de primeras experiencias con Flynn. Hasta los sueños parecían poder hacerse realidad.

Ava lo abrazó por el cuello y le dio un beso en la garganta morena. Le encantaba sentir cómo se le aceleraba el pulso allí cuando hacían el amor. Eso le demostraba que, a pesar de la constante contención de Flynn, y su insistencia en tratarla como a una princesa, la deseaba tanto como ella a él.

–Bienvenida a mi casa, señora Marshall. A nuestra casa, hasta que encontremos otra juntos.

La hizo entrar en el ático y cerró la puerta con el pie, y Ava se sintió emocionada. Aquel era el primer día del resto de su vida. Una vida que iba a compartir con Flynn.

—Gracias, señor Marshall —le respondió, dándole otro beso en la garganta e inhalando su olor a limpio.

Él la llevó en volandas hasta el salón y ella se preguntó si Flynn disfrutaría tanto abrazándola como disfrutaba ella de sus abrazos.

—No me habías dicho que eras tan rico —comentó en tono alegre.

No era que a ella no le gustasen los lujos, pero había visto cómo el deseo de riqueza podía corromper a las personas. Se estremeció y Flynn la abrazó con más fuerza.

—Yo prefiero decir que vivo cómodamente.

La dejó en el suelo y Ava se apoyó en su cuerpo. Entre los brazos de Flynn tenía la sensación de que todo iba bien.

Eso era un gran cambio, ya que en el pasado había evitado a los hombres que intentaban acercarse demasiado a ella.

Apoyó la cabeza en su hombro y estudió desde allí el lujoso salón. Estaba empezando a darse cuenta de lo mucho que podía cambiar su vida con Flynn. Ya había cambiado desde que lo había conocido, y le encantaba, pero también iba a tener que acostumbrarse a vivir de otra manera.

—¿Es ese cuadro de quien pienso que es? —preguntó.

Flynn se encogió de hombros.

—Es solo un cuadro.

—¿Solo un cuadro?

Había empezado a interesarse por el arte gracias a su hermano, Rupert, y aquella era una obra emblemática del Impresionismo francés. Le encantaban sus colores y su luz. ¿Y para Flynn solo era un cuadro?

–Queda muy bien ahí, ¿no crees? –preguntó él con desinterés.

Ella frunció el ceño. ¿Por qué comprar una obra de arte si esta no te apasionaba?

–¿La compraste solo para decorar el salón?

Flynn se encogió de hombros.

–Era una buena inversión.

Ava se estremeció al recordar una anécdota de su infancia. Un camión lleno de libros de imágenes, que su padre había hecho llevar a la finca, pero que jamás le había dejado tocar, a pesar de conocer su pasión por ese tipo de libros, porque solo habían sido comprados para llenar las estanterías vacías de la biblioteca.

Habían pasado muchos años antes de que Ava comprendiese que su padre había hecho aquello para que la habitación, y él por extensión, resultase impresionante.

–¿Me enseñas el resto de la casa?

De repente, Ava quiso salir de aquella bonita habitación que, más que parte de un hogar, le parecía la sala de una galería de arte. Además, conocer la casa le permitiría saber un poco más de Flynn. Ya sabía lo importante, pero todavía era ajena a su vida diaria.

Sonrió al notar que entrelazaba los dedos con los suyos. ¿A quién le importaba el lujo habiendo placeres tan sencillos como aquel?

–Como sigas mirándome así... –le advirtió él en tono ronco– iremos directos al dormitorio y no saldremos de él.

–Bueno... –respondió ella, fingiendo quedarse pensativa–. Podemos terminar la visita en tu habitación.

A él le brillaron los ojos.

–O podríamos quedarnos aquí –añadió, mirando el enorme sofá.

En los dos días que llevaban casados solo habían hecho el amor en la cama.

—El ama de llaves está todavía por aquí.

—¿Tienes un ama de llaves?

—No cuido de todo esto yo.

Por supuesto que no.

—No te preocupes —continuó Flynn—. No se queda a dormir. Vamos a tener mucha intimidad.

Ava asintió y pensó que tener un ama de llaves no iba a ser como volver a vivir en Frayne Hall; no obstante, ella había prometido dejar para siempre aquel tipo de vida.

—Ven, todavía hay mucho por ver.

El piso era increíble y estaba decorado con todo lujo. Había una piscina en la terraza, un jacuzzi y una sauna. Todos los aparatos electrónicos eran de última generación.

No obstante, Ava no pudo evitar sentirse incómoda. Todas las habitaciones eran perfectas, pero ninguna, ni siquiera la cocina, era acogedora.

Las vistas eran espectaculares, los acabados, maravillosos, pero su minúscula cocina, con los visillos amarillos y su colección de teteras, tenía mucho más encanto y calidez.

—¿Dónde pasas la mayor parte del tiempo? —le preguntó mientras Flynn le enseñaba otro salón.

—¿Yo? Supongo que en la habitación principal. Trabajo mucho y solo vengo aquí a dormir.

—Ah, ya entiendo.

Por eso el piso parecía más un hotel que un hogar.

Flynn tomó su rostro entre las manos.

—Pero espero que eso cambie —le dijo en voz baja, sensual—. El sueño está sobrevalorado.

A Ava le encantaba que la mirase así, como si lo

único que importase fuese lo que había entre ellos. Alargó la mano y le acarició la mejilla.

–Tal vez sea el momento de que me enseñes tu dormitorio.

Él la guio a través de un despacho y un gimnasio muy bien equipado hasta llegar al dormitorio principal.

El suelo era de madera y las enormes ventanas tenían vistas a la ciudad de Londres. Las paredes eran de color gris y la decoración, en blanco y negro, hacía del conjunto una obra de diseño, elegante, perfecta e impersonal.

Ava miró a su alrededor buscando estanterías, fotografías, recuerdos, pero no encontró ningún objeto personal. Ni siquiera un libro en la mesita de noche.

Frunció el ceño. Había esperado algo. Era como si Flynn no viviese allí.

De repente, se le ocurrió que tal vez solo viviese para su trabajo, pero eso no encajaba con el hombre del que se había enamorado en París y en Praga. Tenía que haber otra explicación.

Se giró lentamente, asimilando la perfección de la enorme cama, los colores fríos, la falta de suavidad. Entonces se detuvo y contuvo la respiración. Se le aceleró el pulso.

Al otro lado de la habitación había una pintura que no era contemporánea.

Se acercó a ella con piernas temblorosas.

–Mi padre se deshizo de esto hace años. ¿Dónde la has encontrado?

–En una subasta.

Ella se acercó, hipnotizada con la imagen que había captado el artista. Era Frayne Hall con la luz del amanecer, y parecía un lugar idílico.

A pesar de los malos recuerdos que tenía de la casa, tuvo que admitir que era un lugar muy bonito. Varias generaciones de la familia de su madre habían nacido, amado y muerto bajo aquel tejado. Tal vez aquel fuese el motivo por el que se sentía unida a aquel lugar.

–¿Te gusta? –preguntó Flynn a sus espaldas.

Ava asintió, sorprendiéndose a sí misma.

–Sí. Parece...

No encontró la palabra adecuada. Interesante... sólida. Como si el reinado de su padre allí hubiese sido solo un breve accidente. Como si la vieja casa hubiese sobrevivido a él y hubiese seguido allí.

Ava deseó que a ella tampoco le hubiese marcado su padre.

–Me alegro de que te guste.

Ella se giró y vio satisfacción en el rostro de Flynn.

–¿Lo has comprado para mí?

Nada podía sorprenderla, sobre todo, después de lo que había hecho Flynn para que su boda fuese como un sueño.

Era evidente que él no sabía lo mucho que ella odiaba la vida que había tenido en Frayne Hall. Los Cavendish habían sido expertos en proyectar una imagen de familia perfecta incluso delante del servicio.

–¿Flynn?

–Pensé que te gustaría.

–Me sorprende que Rupert no supiese que estaba a la venta. Le interesa mucho el mercado del arte.

Él mismo era pintor, por lo que siempre estaba al tanto de todas las obras que se vendían.

Flynn tardó unos segundos en contestar.

–En realidad, lo vi hace años y... –dijo, encogiéndose de hombros– me interesó.

Ava lo miró con curiosidad.

—¿Te interesó tanto como para colgarlo en la pared de tu dormitorio?

De repente, su sexto sentido la avisó de que había algo más, algo que se le estaba escapando.

—Ah, tú también creciste en la finca. Supongo que tienes muchos recuerdos felices de ella.

Flynn esbozó una sonrisa que, en realidad, no era una sonrisa.

—Sí, tengo muchos recuerdos.

Ava inclinó la cabeza e intentó descifrar aquel gesto. No era de felicidad.

—¿Flynn? —le preguntó, acercándose a él y agarrándolo del brazo—. ¿Qué ocurre?

De repente, su mirada se había vuelto sombría. Ava estudió sus ojos y tuvo la sensación de que eran los ojos de un desconocido.

—Nada —respondió él entonces, encogiéndose de hombros—. Todo es perfecto.

Volvió a mirar el cuadro y entonces sonrió de verdad.

—Pero hay algo, ¿verdad?

Él volvió a mirarla y la agarró de la mano, se la llevó a los labios y le dio un beso. Ava sintió calor en el vientre.

—Es solo que todos los recuerdos que tengo de Frayne Hall no son buenos.

—Por supuesto —dijo Ava—. Tu padre...

Flynn asintió.

—Falleció en las Navidades en las que yo cumplí dieciséis años.

—Tenemos eso en común. Mi madre también murió cuando yo tenía dieciséis años, pero para entonces tú ya no estabas allí.

–Pero volví.

Ava asintió. Flynn siempre había vuelto a visitar a su madre. Ella había envidiado aquella relación tan cercana, el amor que habían compartido.

–A tu madre le encantaba tenerte en casa.

Por su parte, su familia solo se había mostrado unida para impresionar a los importantes amigos o socios de su padre.

Durante la semana anterior a la fiesta de invierno, la casa siempre había estado abierta para aquellas personas a las que su padre había querido impresionar. Y todos los miembros de la familia debían dar una imagen perfecta... o enfrentarse a las consecuencias.

Ava todavía recordaba el año que Rupert, que todavía era un niño, había estado enfermo y había vomitado en los brillantes zapatos de un banquero. Su padre le había hecho la vida imposible durante semanas.

Y todavía había un recuerdo peor, el de la noche en que ella había salido de la cama para ver la fiesta. Ava había visto a su madre, que iba perfecta, pero que sonreía de manera tensa, hablando con uno de los amigos de su marido. Este había estado demasiado cerca, la había tocado de un modo inadecuado para Ava, pero su padre había estado justo al lado y había fingido no darse cuenta.

La escena la había asustado porque había visto miedo en los ojos de su madre y había sabido que allí ocurría algo.

No lo había entendido hasta varios años después.

Se le aceleró el corazón.

¿Qué habría ocurrido la noche de aquella última fiesta si Flynn no hubiese ido a visitar a su madre? ¿Si no hubiese sido él quien la hubiera encontrado después del accidente? Se estremeció, presa de repente de antiguos miedos.

–¿Ava? –dijo Flynn, abrazándola–. ¿Qué te pasa?

Ella se dejó invadir por su calor. Le encantó la sensación de seguridad que Flynn le transmitía. Después de tantos años cuidando de sí misma, era maravilloso poder apoyarse en alguien aunque fuese solo un poco. Saber que Flynn la quería.

–Nada importante.

Él siguió con el ceño fruncido.

–Mis recuerdos de la finca tampoco son todos buenos, pero eso no importa ahora.

Se preguntó si debía desahogarse acerca de su padre, pero pensó que él ya estaba muerto. Ya no podía hacerle daño. Y ella había luchado mucho por olvidarse de todo y mirar hacia delante. Así que lo mejor sería dejar el pasado enterrado, en especial, en esos momentos en los que era tan feliz. No quería que nada le estropease aquello.

–Estás temblando –comentó Flynn.

–Tal vez puedas reconfortarme –respondió ella, apretándose más contra su cuerpo y, en especial, contra sus muslos.

Flynn sonrió.

–¿Cómo quieres que te reconforte? –le preguntó él con fuego en la voz.

–Haciéndome el amor.

Ava se puso de puntillas y le dio un beso, luego le pasó la lengua por los labios hasta que se los separó y pudo meterla en su boca. Suspiró y se sintió bien, como se sentía siempre que se besaban.

Flynn la abrazó con fuerza y el cuerpo de Ava respondió al instante. Ella sonrió.

–Te deseo, Flynn.

Puso una pierna alrededor de sus caderas y él se la sujetó con la mano. Un segundo después iba la segunda y Ava disfrutaba de la presión de sus cuerpos excitados.

—Sí...

Necesitaba a Flynn en esos momentos. Lo besó como si hiciese toda una vida, y no solo unas horas, que se habían besado.

Flynn hacía que se sintiese insaciable y también que se sintiese como si ambos fuesen uno solo.

Él gimió y la apoyó contra la pared y el beso se volvió furioso. La devoró y a ella le encantó. Sentirse deseada era maravilloso. Hacía que se sintiese poderosa.

Flynn metió una mano por debajo de su falda para levantársela más y Ava oyó que la tela se rasgaba.

—Sí. Me gusta —gimió, arqueando la espalda mientras él la besaba en el cuello—. Quiero que me hagas el amor aquí.

Tardó unos segundos en darse cuenta de que Flynn había dejado de acariciarla y de besarla, y que la estaba mirando mientras ella se frotaba contra su cuerpo.

—¿Flynn?

—Vamos a hacerlo bien —le dijo él, apartándola de la pared y llevándola hacia la cama.

—¿Qué quieres decir?

Entonces la dejó con cuidado encima de la cama. Ella alargó las manos para que Flynn se tumbase encima, pero no lo hizo.

—¡Flynn! ¡Te necesito! —protestó.

—Enseguida.

Se quitó la camisa y dejó al descubierto su magnífico torso, que Ava solía utilizar como almohada.

Después se deshizo de los zapatos y se desabrochó el cinturón. Y ella se puso cada vez más nerviosa.

–¿Por qué has parado?

–Porque quiero hacerlo bien.

Se tumbó en la cama y le acarició los pechos con la punta de los dedos.

–Lo estabas haciendo muy bien antes –le aseguró ella, abrazándolo.

–Pero así te va a gustar más. Confía en mí.

Mucho rato después, Ava estaba desnuda, pegada a él. Flynn le había hecho alcanzar el clímax varias veces. Había sido tierno, inteligente y apasionado. Y ella se sentía tan bien, tan saciada, que no quería moverse de allí.

Tenía un marido maravilloso, un amante generoso. Tenía mucha suerte.

Pero no podía evitar sentir un cierto... no, no era descontento. ¿Curiosidad, tal vez? No era que quisiese que hiciesen el amor de forma brusca, sino que le habría gustado ver que Flynn se dejaba llevar por sus instintos más primitivos...

Suspiró.

Tal vez no quisiera perder el control por miedo a que ella, en su inexperiencia, no fuese capaz de hacer frente al verdadero hombre que había en él. Al hombre que había detrás del encanto y la sofisticación.

Lo que Flynn no sabía era que aquel era el hombre del que ella se había enamorado, del hombre con la risa contagiosa. Del hombre cuya pasión la había convencido de que estaban hechos el uno para el otro.

–Te quiero –murmuró contra su pecho.

Él no respondió.

Debía de estar dormido.

Capítulo 7

¿TAN pronto? –preguntó Ava, intentando ocultar su decepción–. Si llegamos anoche.

Él se encogió de hombros y empezó a comer los huevos que el ama de llaves había preparado.

Ese era otro tema. Ava había planeado preparar un desayuno especial para los dos. Se había imaginado llevándolo a la cama en una bandeja, despertar a Flynn, desayunar y pasar la mañana haciendo el amor.

Pero había estado tan cansada que ni siquiera lo había oído levantarse. Y en esos momentos estaba vestido con un traje oscuro, muy guapo.

–Lo siento, tengo reuniones todo el día.

La miró a los ojos y Ava, como siempre, se ablandó y sonrió.

–Estás para comerte –murmuró, dándole un beso en la mejilla recién afeitada–. Y hueles muy bien.

Pasó los dedos por su pelo.

–¡Cuidado! –protestó Flynn.

Ava bajó la vista y se dio cuenta de que le había tirado el café y había una mancha en el mantel.

–Lo siento –se disculpó, intentando limpiarla con una servilleta–. ¿Te he manchado?

–Por favor, permítame, señora –dijo Sandra, el ama de llaves, que había salido de la nada.

Ava se sentó y se dio cuenta de que tenía la manga de la bata manchada de café. Se remangó para no manchar a Flynn.

Poco después, Sandra había cambiado el mantel, le había servido otro café a Flynn y se había marchado del comedor.

–Lo siento –repitió Ava sonriendo a Flynn–. Me he dejado llevar por el entusiasmo.

–No pasa nada. ¿Quieres un café?

–Sí, por favor. Funciono mejor después del café. Me cuesta un poco despertarme por las mañanas.

Esperó a que Flynn hiciese algún comentario acerca de que habían hecho el amor al amanecer, pero él se limitó a servirle el café.

–Toma –le dijo, tendiéndole la taza y sonriendo con más profesionalidad que cariño.

–¿Flynn? No te he manchado el traje, ¿verdad?

–No –respondió él, dando un sorbo a su taza y volviendo a tomar el periódico.

Ava no bebió de la suya. Era extraño, pero de repente se sentía como si la acabasen de despedir. Abrió la boca y se dio cuenta de que iba a disculparse otra vez, pero la cerró.

–Entonces, ¿tienes el día muy ocupado?

Él la miró a los ojos y Ava se relajó por fin. Sonrió.

Flynn asintió y volvió a mirar el periódico.

Ella dejó de sonreír.

–Sí, tengo reuniones todo el día. Tengo que recuperar el tiempo perdido la semana pasada. Tú también tendrás mucho que hacer.

–Por supuesto.

Iría a su piso y empezaría a recoger sus cosas. Además, al día siguiente tenía que volver al trabajo, así que necesitaría algo de ropa para ir a la oficina.

–Esta noche hay una cena y me gustaría que fueses muy guapa.

–Seguro que encuentro algo que ponerme. ¿Adónde vamos a ir?

Flynn era un experto en encontrar restaurantes románticos.

–No, cómprate algo nuevo. Algo elegante, pero llamativo –añadió, mirándola de manera extraña.

De repente, Ava sintió dudas y no pudo evitar pensar en las miradas de su padre, pero intentó apartar aquello de su mente.

–Tengo un vestido elegante, me lo puse para una gala solidaria que organicé.

Flynn volvió a negar con la cabeza.

–Cómprate uno nuevo. Un vestido que no haya visto nadie. No te preocupes por el dinero. Toma –dijo, sacando una tarjeta de crédito de la cartera–. Es para ti.

Ava la tomó y vio su nombre escrito en ella: *Ava Marshall*.

A pesar de que se llamaban por el apellido de Flynn de broma y en privado, nunca habían hablado de si ella iba a mantener su nombre de soltera o si iba a cambiarlo por el de él.

Aunque tampoco era tan importante. Su padre se había cambiado el apellido porque Cavendish le había parecido mucho más sofisticado que Cooper. Se había empeñado en que nadie supiese sus orígenes humildes y en pasar a formar parte de la alta sociedad.

–Gracias –respondió, dejando la tarjeta–, pero tengo mi propio dinero.

Tendrían que hablar de aquel tema, porque Ava sabía que el modesto sueldo que le pagaban por trabajar en una organización benéfica infantil no iba a ser suficiente para que pudiesen compartir los gastos a medias.

Flynn le agarró la mano y se la llevó a la tarjeta.

–Quédatela, Ava. Utilízala –le dijo, mirándola con seriedad–. Quiero que esta noche estés espectacular. De hecho, cómprate varios vestidos. Vamos a salir mucho y no tiene sentido que te gastes tus ahorros en impresionar a mis socios.

–¿Es una cena de negocios? –preguntó, decepcionada al enterarse de que no iban a cenar solos.

Él le acarició la mano y luego se inclinó para susurrarle al oído:

–No te preocupes, después podremos estar a solas.

Con la otra mano le acarició los labios y ella suspiró. Flynn la besó, haciendo que le ardiese la sangre en las venas.

Cuando interrumpió el beso le brillaban los ojos y Ava tenía la respiración entrecortada.

–Haces que desee... –le dijo, mirándola fijamente.

Todavía era temprano, demasiado temprano para irse a trabajar.

–¿Qué es lo que te hago desear, Flynn?

Él sonrió lentamente. Su imagen era la de un tiburón de los negocios, iba vestido de manera muy elegante y su expresión era despiadada. Clavó la vista en su escote y Ava se ruborizó.

–Mejor más tarde, señora Marshall.

Apartó la mano de la de ella y la magia del momento se rompió. Flynn tomó el teléfono, leyó el último mensaje que le había llegado y después se lo guardó.

–Tengo que marcharme.

–Pero si ni siquiera son las ocho –gimoteó Ava muy a su pesar.

–Tengo la primera reunión dentro de un cuarto de hora.

Se puso en pie y tomó la chaqueta.

–Entonces, ¿vas a ir a comprarte un vestido? ¿Algo

elegante? Quiero... –empezó Flynn– quiero que todo el mundo sepa la suerte que tengo de tenerte. Y con respecto al evento de esta noche...

–Por supuesto. Lo comprendo –le dijo Ava, póniéndose en pie también y apretándose el cinturón de la bata–. Me aseguraré de que es adecuado, no te preocupes.

Haría que Flynn se sintiese orgulloso de ella.

Flynn ya se había marchado cuando Ava se dio cuenta de adónde la habían llevado sus pensamientos, que había querido hacer que Flynn se sintiese orgulloso de ella y no haciendo nada inteligente, generoso o destacado, sino solo poniéndose guapa. Como si eso fuese lo único importante.

De repente, sintió que se le estropeaba la mañana.

Se dijo que aquello no tenía nada que ver con la insistencia de su padre de que su aspecto fuese siempre como si estuviera a punto de salir en una revista de moda.

Aunque también era normal que Flynn quisiera que estuviese lo más guapa posible.

Y eso no tenía nada que ver con el modo en que Michael Cavendish había presumido de esposa y de hija.

Flynn la quería. La valoraba por lo que era, no la trataba como un trofeo o, todavía peor, como una herramienta para conseguir sus propósitos.

Se apartó el pelo de la cara, tomó la taza de café y fue hacia el cuarto de baño. Tenía mucho que hacer.

–Perdona, ¿me lo puedes repetir?

Flynn se apoyó en el respaldo de su butaca de cuero y se pasó una mano por la cara.

Su asistente personal lo miró sorprendida.

Flynn sonrió, aunque le salió más bien una rígida mueca. Estaba muy tenso. Llevaba toda la mañana trabajando, pero seguía excitado.

—Estoy teniendo problemas para concentrarme.

No podía dejar de pensar en Ava. Su preciosa Ava. Con su sonrisa somnolienta y las mejillas sonrosadas, despeinada, con los labios sin pintar. Cada vez que Flynn intentaba concentrarse o pensar en la cena de aquella noche, pensaba en ella. Tragó saliva.

—Es comprensible. Acaba de casarse, debería estar con su esposa.

Su asistente personal, que era una persona muy competente, lo estaba tratando como una madre permisiva, como si le pareciese bien que estuviese distraído.

Por primera vez en toda su vida se arrepintió de haber sido tan cercano con sus empleados. En esos momentos no quería ser cercano, ni quería ser comprensivo. Necesitaba centrarse a toda costa.

No se había imaginado que se distraería tanto con una esposa.

—Tal vez deberíamos haber retrasado las reuniones otra semana —dijo su asistente, mirando la agenda—. No hay nada que sea tan urgente como para no poder retrasarlo una semana.

—No.

Flynn había tenido mucha suerte al encontrar un mentor que había visto su potencial a pesar de la falta de formación, que lo había animado, le había enseñado y le había aconsejado hasta que Flynn había creado su propia empresa. Entonces, Flynn había trabajado más duro que nadie para llegar a donde estaba.

Nunca había desaprovechado una oportunidad y, como resultado, su propio imperio se estaba extendiendo por Europa y por la Costa Este de Estados Unidos.

Se sentía satisfecho. Estaba consiguiendo todo lo que se había propuesto. Incluso su madre había terminado por ceder y se había mudado a una casa nueva, en una urbanización de lujo.

—No. Vamos a dejar la agenda como está.

Ava no le daría las gracias por haber trabajado menos si con ello descuidaba el negocio y terminaba hundiéndose, como le había ocurrido a Michael Cavendish. No quería que Ava se quedase sin nada por segunda vez.

Flynn era muy joven cuando había aprendido el valor del poder y todo lo que el dinero de los Cavendish podía comprar. Como una buena educación, una vida cómoda, tiempo para la familia.

Y nunca había olvidado esas lecciones. No iba a parar hasta tener todo lo que Cavendish había tenido: riqueza, poder, respeto, seguridad.

Pero iba a hacerlo bien. No iba a machacar a nadie, no se iba a aprovechar de los menos afortunados, como había hecho Cavendish.

Estaba orgulloso de ser mejor persona que él. Trabajaba de manera ética, apoyaba a sus trabajadores y compartía el éxito. E iba a conseguir llegar más lejos que aquel hombre que tanto daño le había hecho a su familia.

De repente, volvió a sentirse decidido a tener éxito.

Sonrió a su asistente.

—Comprueba la compra que dejé en manos de Reynolds. Tengo planes para ese lugar, es importante, y quiero que el acuerdo esté cerrado esta semana.

Capítulo 8

ESTA es mi esposa, Ava. Ava, quiero que conozcas a Alexandra y John Hardwicke. Flynn sonrió a la otra pareja, de mayor edad, y se fijó en que el otro hombre miraba a Ava con apreciación. Por su parte, su esposa estudió de arriba abajo a Ava, que parecía una joven Grace Kelly, deteniéndose unos segundos en el enorme zafiro del anillo.

A Flynn le había costado que aceptase el anillo de compromiso, mientras que a sus anteriores amantes siempre les habían encantado las joyas caras.

Ava les dio la mano.

–Encantada –dijo, sonriendo de manera cariñosa.

–No sabía que estuvieses casado, Flynn.

–Nos hemos casado hace poco –respondió él.

–¿Hace poco? Pues no he oído nada –comentó Alexandra Hardwicke con el ceño fruncido–. Ni he visto la noticia en los periódicos.

Ava apoyó la mano en su brazo y el anillo brilló bajo la lámpara de araña.

Flynn no pudo evitar sentirse satisfecho. Era su anillo. Su esposa. Puso la mano encima de la de ella y a cambio recibió una sonrisa que lo encendió por dentro.

–No, no ha salido en la prensa –intervino Ava–. Nos hemos casado en secreto.

–¿En secreto?

Ava asintió.

–Flynn vino a verme a Praga, donde yo estaba de vacaciones, e hizo que me enamorase de él. Así que nos casamos allí.

Ava contaba aquello emocionada, lo miraba con los ojos brillantes y a Flynn le encantó. Se sintió orgulloso.

También sintió calor, emoción. Se sintió tan bien que estuvo a punto de olvidarse de por qué estaba allí, para engrasar los rodajes de su última negociación.

–Qué poco convencional –admitió Alexandra, acercándose más–, pero qué romántico.

Luego miró a Flynn con escepticismo, como si pensase que era un hombre incapaz de ser romántico. Era evidente que conocía su reputación profesional.

–Cuéntame más, querida. ¿En la boda estuvisteis solo los dos?

–Era lo que queríamos. Solo los dos.

A Ava le volvieron a brillar los ojos. Enamorada, era la mujer más bella que Flynn había visto en toda su vida.

Él cambió de postura, tenía el corazón acelerado.

Había sabido que era perfecta para él, aunque ser la causa de su felicidad era una gran responsabilidad.

–¿Ni siquiera asistió vuestra familia?

–No. Mi hermano vive en Estados Unidos y la madre de Flynn está visitando a unos familiares en Nueva Zelanda.

Flynn sintió algo distinto. ¿Era culpabilidad? Su madre habría vuelto a Europa sin pensárselo para asistir a la boda, pero eso lo habría complicado todo. Ya se enteraría de que se había casado con la hija del que había sido su jefe más tarde. Flynn no había querido que nada interfiriese en sus planes, sobre todo, las preguntas de la mujer que mejor lo conocía del mundo.

–Entonces, ¿cuándo dices que os habéis casado?

–Hace dos días.

–¡Dos días! –exclamó Alexandra Hardwicke, haciendo que varias personas de la recepción girasen la cabeza para mirarlos–. ¡Deberíais estar en la luna de miel!

–No, no pasa anda. Estuvimos juntos en Praga. Además, yo también tengo que volver al trabajo mañana.

–¿Al trabajo? ¿A qué te dedicas? –la interrogó la otra mujer.

Flynn se mantuvo alerta, por si tenía que rescatarla. Alexandra Hardwicke era conocida por su arrogancia y por su olfato para el dinero. Todo el mundo sabía que para cerrar un trato con Hardwicke había que tener la aprobación de su mujer. Por eso estaban allí aquella noche. Hasta entonces, a Flynn le había costado acercarse a los Hardwicke, pero Ava lo estaba ayudando mucho esa noche.

Ava, serena, elegante, parecía muy cómoda en aquel ambiente tan lujoso.

Era normal. Por eso era la esposa perfecta para él.

Ava encajaba allí como él jamás lo haría. Su padre había sido gitano y su madre, cocinera.

–Tienes una mujer muy bella –comentó Hardwicke–. Es la hija de Cavendish, ¿verdad?

–Eso es.

–En ese caso, me parece que es familia lejana de mi esposa, por parte materna. Por eso me resulta familiar. Su madre era una mujer espectacular.

–Ni la mitad de espectacular que Ava.

Estaba preciosa con el pelo recogido en un moño

alto y su sonrisa hacía que Flynn se sintiese como un rey.

En ese momento lo miró a los ojos y Flynn sintió calor en el vientre, deseó llevársela de allí inmediatamente. Quería estar a solas con ella.

Tenían que haber estado de luna de miel.

Las palabras de Alexandra Hardwicke retumbaron en su cabeza.

Lo que quería Flynn era estar tumbado en una playa con Ava. Los dos solos. Sin nadie más, sin interrupciones, sin ropa.

Eso lo sorprendió. No solía gustarle holgazanear. Prefería estar centrado en su trabajo. Sabía lo que quería y se aseguraba de conseguirlo siempre.

–Entonces, Marshall, ¿quieres que hagamos negocios? Pero, en vez de fijar una reunión, voy a hablar con Alex. Os invitaremos a casa y así podremos conocernos mejor.

–Perfecto –dijo Flynn sonriendo–. A Ava le gustará conocer mejor a tu esposa.

–Excelente. La semana que viene, entonces. Antes de que nos vayamos al campo. Estamos deseando salir de la ciudad.

–Te comprendo. Yo también estoy pensando en comprar una casa de campo.

–¿De verdad? Tal vez tengamos más cosas en común de las que yo pensaba. Tenía entendido que eras un urbanita.

–Nací y crecí en el campo. Lo mismo que Ava –le contó Flynn.

–¿Y dónde tienes pensado comprar la casa? Podría darte algún consejo –añadió Hardwicke, cuya actitud había cambiado completamente de repente.

Flynn sabía que la presencia de Ava lo iba a ayudar, pero no había esperado ver el resultado tan pronto.

–Esta noche has tenido mucho éxito –le dijo Flynn con satisfacción–. He tenido que abrirme paso a codazos para poder llevarte a cenar.

En la penumbra, Ava se permitió el lujo de clavar la vista en las manos de Flynn, que estaban apoyadas en el volante de su Aston Martin, y de imaginárselas sobre su piel.

Había resistido toda la velada pensando en lo que ocurriría después, cuando estuviese a solas con él. Había echado de menos sus caricias y también su atención. No estaba acostumbrada a compartirlo.

–Todo el mundo ha sido agradable.

La noticia de su boda había corrido como la pólvora y Ava se había sentido como cuando, con diecisiete años, su padre le había presentado a sus socios, para hacerles babear. Ella se estremeció solo de recordarlo.

–¿Tienes frío? –le preguntó Flynn al ver que se frotaba los brazos.

–No, estoy bien.

–¿Te has divertido? Me alegro –preguntó y se respondió Flynn él solo, sin esperar a que lo hiciese ella–. Los has cautivado.

Ava se felicitó en silencio por haberlo hecho bien. Aquella noche había sido importante para Flynn y ella había querido ayudarlo.

–Sabía que encajarías a la perfección. Es gente como tú, como a la que solía invitar tu familia para esas fiestas que organizaba.

A Ava no le gustó oír aquello y deseó decírselo a

Flynn. Deseó aclararle que ella prefería a las personas normales, y que sus amigos preferían estar en casa, riéndose mientras compartían una copa de vino y una pizza, que en una fiesta de la alta sociedad, en la que todo el mundo se medía por su dinero y por su ropa.

Pero guardó silencio.

Muchas mujeres lo habrían dado todo por estar allí esa noche, vestidas con un traje de diseño y con un anillo enorme en el dedo.

Ella habría preferido quedarse en casa con Flynn, haciendo el amor.

Apretó los labios. Estaban recién casados, pero no podía ser egoísta. Sabía que Flynn tenía que trabajar.

Apoyó la mano en su muslo y lo oyó tomar aire. Se le aceleró el pulso.

—¿Tú te has divertido? —le preguntó.

—Me voy a divertir más ahora —respondió él en voz baja—. La cena se me ha hecho interminable.

Ava se echó a reír, encantada.

—He pensado que mañana podríamos organizar una cena romántica en casa.

—Me temo que no va a ser posible. Mañana y pasado voy a tener varias reuniones hasta muy tarde, así que cenaré en el trabajo.

Ava intentó contener su decepción.

Estaba decidida a no ser egoísta. Por fin se había dado cuenta del éxito que había tenido Flynn en los negocios y sabía que había hecho un gran esfuerzo yendo a verla a Praga.

—En ese caso, lo haremos el jueves por la noche —le dijo, acariciándole la pierna.

—Ten cuidado, señora Marshall, o no vamos a llegar a casa.

Ella se acercó más.

–No me tiente, señor Marshall –le contestó, subiendo la mano.

Él se la agarró y dio un frenazo. Detuvo el coche y se giró para tomar su rostro con ambas manos y besarla apasionadamente.

Cuando se separaron, Ava respiraba con dificultad. No podía desearlo más.

Él le acarició un pecho a través del vestido y Ava dejó de respirar.

–¿Cuánto falta hasta casa? –preguntó.

–Demasiado.

Flynn suspiró y volvió a su sitio. Y Ava lo imitó.

Vieron aparecer a un grupo de personas por la calle y Flynn arrancó el motor y empezó a conducir de nuevo.

–No puedo estar ni un par de horas sin desearte.

Lo vio pasarse una mano por el pelo y sonrió. Le encantaba tener aquel poder sobre él.

–¿Por qué no vienes mañana a mi despacho? Comeremos juntos.

–¿Solo comer? ¿Nada más? –bromeó Ava.

Cuando le hacía el amor, Flynn le hacía sentirse la mujer más querida del mundo, aunque todavía no había llegado el día en que él se dejase llevar completamente por la pasión.

–¿Tú qué crees?

–Me encantaría ir a comer contigo, pero no voy a poder –le respondió Ava muy a su pesar–. Mañana tengo que trabajar y no puedo hacer una pausa demasiado larga a la hora de la comida, ya que es mi primer día después de las vacaciones. Tendré mucho trabajo esperándome.

–Diles que no vas a poder hacerlo –le sugirió Flynn–. O mejor, despídete. Diles que no vas a volver.

–¡No puedo hacer eso!

Ava dejó de sonreír al ver que Flynn hablaba en serio.

–Por supuesto que puedes. O, si lo prefieres, le diré a mi asistente que llame ella.

Ella frunció el ceño.

–¿Lo dices en serio?

–Por supuesto. No necesitas trabajar. Yo puedo cuidar de ti.

–No quiero que nadie cuide de mí. No en ese aspecto.

Él la miró de reojo y arqueó las cejas.

Ava también lo miró. Le encantaba su trabajo. Se le daba bien. Además, el trabajar para una organización benéfica a favor de niños con pocos recursos, niños abandonados o maltratados, hacía que se sintiese bien.

–¿Qué te hace pensar que quiero dejar de trabajar?

–¿Vas a querer trabajar toda la vida en el mismo sitio?

–No, pero...

Era cierto que Ava sabía que era un lugar en el que no podría ascender, pero le gustaba lo que hacía.

–¿Te gustaría que esa empresa fuese tuya algún día?

Flynn abrió la puerta del garaje con el mando a distancia.

–No he pensado nunca en eso.

–Lo comprendería si tuvieses planes de futuro en ella, pero no es así. Es solo un trabajo temporal.

Ava frunció el ceño.

–Dicho así, parece que estuviese aburrida, esperando a que llegases cual príncipe valiente y me sacases de allí.

Flynn se echó a reír.

–Es la primera vez que alguien me trata de príncipe valiente. Me suelen ver más como el lobo feroz –comentó–. Tal vez ese sea el motivo por el que estoy deseando comerte entera, Cenicienta.

–Te has equivocado de cuento, Flynn. El lobo se quería comer a Caperucita Roja –respondió ella.

Entraron en el garaje y Flynn aparcó junto al ascensor.

–¿Y si te quedas embarazada? –preguntó luego él–. ¿Seguirás trabajando entonces?

Capítulo 9

AVA se quedó entre los brazos de Flynn, todavía con el corazón acelerado después de haber hecho el amor. Él la abrazó con fuerza.

Las luces del exterior iluminaban el dormitorio. No habían tenido tiempo de cerrar las cortinas. No habían tenido tiempo de nada más que tumbarse en la cama y perderse el uno en el otro.

Cuando habían llegado allí la expresión de Flynn había sido de puro deseo y a Ava le había gustado la idea de que por fin perdiese el control con ella, pero no lo había hecho, ni siquiera aquella noche.

Quería verlo salvaje, primitivo. Se apretó contra su cuerpo y disfrutó de su calor.

—¿El sexo siempre es así? —le preguntó—. ¿Tan increíble?

—Contigo, sí. Estamos hechos el uno para el otro.

Ava contuvo la respiración. Flynn la quería tanto como ella a él. Era una mujer afortunada.

—He estado pensando en lo que dijiste... en lo de quedarme embarazada.

—¿Sí?

—Estoy tomando la píldora para regular mi ciclo menstrual, así que por el momento no es posible —le contó—. Solo tengo veinticuatro años. Y acabamos de casarnos. Quiero disfrutar un tiempo de lo que tenemos antes de pensar en formar una familia.

–¿Piensas que los niños interrumpirían nuestra vida sexual?

A Ava le sorprendió, y al mismo tiempo le gustó, que hablase de niños en plural.

Sí, podía imaginarse a Flynn paseando por un parque con varios niños. Un chico de pelo negro, aventurero, y una niña que adoraría a su padre subida a sus hombros.

Ava nunca se había subido a los hombros de su padre. Ni siquiera recordaba que le hubiese dado un abrazo, pero Flynn sería un buen padre. Había crecido en una familia muy cariñosa. Y sería cariñoso con sus hijos. Siempre había sido amable con Rupert y con ella, jamás los había tratado con condescendencia ni los había culpado por la rudeza de su padre.

–¿Quieres tener hijos? –le preguntó.

Era la primera vez que lo hacía. Todo había ocurrido tan rápidamente...

–Sí, pero, si tú prefieres esperar, no pasa nada. Ya llegará el momento adecuado para ambos.

Ava suspiró aliviada. Era una suerte que pudiesen estar de acuerdo en tantas cosas a pesar de llevar juntos tan poco tiempo.

–Este piso no es el lugar adecuado para tener hijos –murmuró él.

–Estoy de acuerdo.

–Tenemos que buscar una casa.

Ella sonrió.

–Con un gran jardín. Lo suficientemente grande para un perro y una casa de madera.

Ava se imaginó tomando el té en el jardín por las tardes, o jugando a la pelota con los niños. Era una imagen tan idílica que no supo de dónde había salido. Era algo que ella no había tenido.

–Por supuesto. Una casa grande, con espacio para

una familia, pero también una casa con estilo. Un lugar que hable por sí mismo.

Ava arqueó las cejas. No era lo mismo que ella tenía en mente, pero Flynn estaba en el mercado inmobiliario y tenía dinero. Quería una casa de la que pudiese sentirse orgulloso.

–Y supongo que querrás recibir invitados con frecuencia.

–No tanto. Valoro mi intimidad, pero es cierto que tendremos que invitar a casa, y contigo a mi lado sé que todo irá bien.

Ava no pudo evitar sentirse bien al oír aquello.

–Esta noche has estado maravillosa –añadió él, acariciándola con su voz–. Una esposa puede llegar a ser una importante baza en los negocios.

–Lo sé.

Eso era lo único que había sido su madre. Ava tragó saliva. Aunque seguro que las exigencias de Flynn serían mucho más razonables que las de su padre.

–Yo te ayudaré, Flynn. Estoy muy orgullosa de ti, de todo lo que has conseguido. Has trabajado muy duro para llegar a donde estás.

–¿Te sientes orgullosa de mí? –preguntó él, dejando de acariciarla.

Ava se tumbó boca abajo encima de él y apoyó la barbilla en su pecho. Le encantaba sentir su cuerpo desnudo debajo de ella.

–No sé por qué te sorprende. Por supuesto que me siento orgullosa de ti.

Él no sonrió.

–Algunas personas piensan que soy despiadado.

–No te conocen –respondió ella, pasando un dedo por la comisura de sus labios–. Nunca has hecho nada malo. Nada ilegal, por ejemplo.

Flynn tardó unos segundos en contestar.

—No, no he hecho nada ilegal.

—Por supuesto que no —añadió Ava—. No eres esa clase de hombre.

—¿Y qué clase de hombre soy? —preguntó él, entrelazando los dedos en su pelo.

—Un hombre trabajador, honrado, sexy y muy considerado. Eres ambicioso, pero también sabes reírte —respondió Ava—. Además, es usted un amante fantástico, señor Marshall.

Él la miró fijamente durante tanto tiempo que Ava se emocionó. Era la primera vez que la miraban así. Nadie se había tomado la molestia de conocer a la verdadera Ava. Solo aquel hombre maravilloso, que había querido compartir su vida con ella.

Se sintió tan feliz que dejó de respirar. Tragó saliva, abrumada por la fuerza de sus sentimientos.

Pero Flynn siguió muy serio, con los labios apretados y la expresión casi dura.

Más que un hombre enamorado, parecía un hombre molesto.

Debía de ser por culpa de la luz.

—Anímate, Flynn. Hay cosas mucho peores que tener una esposa que te adora.

Le dio un beso en la comisura de los labios y después se los lamió, y cambió de postura para frotar los pechos y el vientre contra él.

—¡Eres una bruja! —gimió Flynn, penetrándola.

Y ella sonrió. Le encantaba el efecto que tenía en él.

En un arrebato de energía, Flynn tumbó a Ava boca arriba. El roce de sus cuerpos lo excitó todavía más, poniendo a prueba sus límites.

Lo que había empezado como una atracción se había convertido en una adicción. Cada vez necesitaba más a Ava. Por suerte, tenía toda la vida para disfrutar de su sensualidad. Estar atado a una mujer a la que no deseaba habría sido un desastre.

La capacidad de Ava para distraerlo había sido una sorpresa. No solo cuando estaban juntos, sino también cuando trabajaba.

Ava balanceó las caderas y él le agarró las manos a ambos lados de la cabeza, sobre la almohada.

Una semana antes había sido virgen, así que Flynn tenía que ir despacio y no exigirle demasiado, aunque estuviese aprendiendo muy deprisa.

La besó lenta, profunda, tiernamente. Su esposa era preciosa y él pretendía tratarla muy bien. Era la clave, la pieza que le había faltado para conseguir todo lo que quería.

Ya tenía dinero, poder y el respeto de sus rivales. Lo único que le faltaba era que lo aceptasen para poder formar parte de la alta sociedad y estar seguro de que aquellos que le importaban siempre estarían seguros.

Ava se retorció bajo su cuerpo, levantó las caderas y Flynn dejó de pensar.

Se embriagó con su dulce olor y se movió con cuidado. Estaba a punto de volverse loco.

Dejó de pensar en sus objetivos y en un dolor que formaba parte del pasado mientras Ava lo ayudaba a llegar al clímax. La oyó gemir de placer, notó que le clavaba los dedos en la espalda y en el trasero, que apretaba la pelvis contra él, y sintió la tentación de perderse por completo.

Pero se contuvo. Siempre tenía el control de la situación. Tenía que hacerlo.

Siguió dando placer a Ava e ignoró los anhelos de

su propio cuerpo. No tardó en oírla gritar y en notar que su cuerpo se sacudía por dentro.

Y por fin se dejó llevar y disfrutó de un orgasmo que lo dejó completamente seco.

Se quedó sin fuerzas, saciado, con la absurda sensación de que lo habían limpiado de todo, salvo de las huellas del cuerpo de Ava.

Era un espejismo. Hacía falta mucho más que un sexo fantástico para limpiarlo.

Con Ava entre sus brazos se tumbó boca arriba. Todavía estaba disfrutando de los segundos posteriores al clímax cuando su mente volvió a ponerse en funcionamiento.

Por primera vez, sintió remordimientos además de satisfacción.

Ava estaba enamorada de él. Lo admiraba.

Respiró hondo y se dijo a sí mismo que el dolor que creía estar sintiendo era imaginario.

Todo iba bien, estaba ileso. Iba por buen camino para conseguir lo que siempre había querido. No obstante, lo que sentía en esos momentos no era felicidad. Ni siquiera satisfacción. Era desasosiego.

Ava pensaba que era una persona honesta.

Y él había creído serlo hasta que había vuelto a encontrarse con ella.

Ava había pensado que se habían encontrado por casualidad en París.

Pero ¿cómo reaccionaría si descubría la verdad?

Flynn frunció el ceño y buscó una justificación.

No había mentido completamente. No había dicho nada que no fuese cierto. Nunca había afirmado habérsela encontrado por casualidad.

Ese era el motivo por el que nunca le había dicho que la amaba.

El dolor de su pecho se acrecentó e hizo que se le cortase la respiración.

El modo en que Ava lo miraba cuando le decía que lo amaba... Flynn nunca había conocido nada parecido. Le hacía sentirse como un dios entre los mortales. Le hacía desear ser mejor persona.

Le hacía desear poder decir él también que la amaba.

La abrazó más fuerte.

Tal vez no pudiese hacer aquello, pero la cuidaría, le daría todo lo que necesitase. Le devolvería lo que había tenido en el pasado y había perdido.

Se dijo que era una tontería sentirse culpable. Ava era feliz. Y era gracias a él.

No era el momento de tener dudas.

Capítulo 10

ESTÁS preparada?

Ava oyó a Flynn a sus espaldas mientras ella, frente al espejo, terminaba de recogerse el pelo en un moño elegante y clásico.

–Me falta solo un minuto –respondió mientras continuaba poniéndose las horquillas.

Cambió de postura sobre los altos tacones. Se había pasado el día trabajando y estaba agotada. No obstante, Flynn contaba con ella y no quería defraudarlo.

Casi todas las noches eran iguales. Iban a algún lugar muy caro y alternaban con personas guapas. O, si no guapas, ricas.

Ella había sugerido que se quedasen en casa a descansar, pero Flynn no había estado de acuerdo. Al menos, seguía pasando una noche a la semana con sus amigos. Quería mucho a su marido, pero no quería perder el contacto con ellos.

Esas noches, Flynn tampoco se relajaba, sino que trabajaba.

Ava estaba cansada de charlar con extraños y de aquel juego de «ver y ser vistos». Tenía que fingir que le gustaban aquellos actos sociales, pero cada vez deseaba más...

–Estás preciosa.

Flynn la acarició con su voz y ella dejó de sentirse

cansada. Sus miradas se encontraron a través del espejo.

—Tú también estás muy guapo.

Estaba impresionante, aunque llevase el pelo demasiado corto para su gusto, llenaba la chaqueta como una estrella de cine. Y la estaba mirando con aprobación a través del espejo.

Los pezones se le endurecieron y sintió calor entre los muslos.

—¿Estás seguro de que quieres salir esta noche? —le preguntó, poniéndose la última horquilla y bajando los brazos.

Flynn la estaba mirando fijamente.

Quería quedarse allí tanto como ella. Ava lo veía en sus ojos.

—¿Por qué no nos quedamos en casa? —añadió—. Nunca estamos solos.

Ava echaba de menos hablar con él, compartirlo todo con él. Lo echaba mucho de menos.

—Has trabajado los tres últimos fines de semana y por la noche solo tenemos tiempo de hablar unos minutos antes de salir —le dijo, poniendo los brazos en jarras.

—¿Preferirías que descuidase mi negocio? —le preguntó él.

—Preferiría que lo pusieras en perspectiva —le contestó con cautela.

Acostumbrarse al matrimonio llevaba tiempo... para ambos. Ava había decidido apoyarlo en las relaciones sociales porque era importante para él, pero todo tenía un límite.

—No puedes continuar así. No es sano trabajar tanto.

—Trabajo lo mismo que siempre. Un poco menos desde que nos casamos —respondió él, poniéndose tenso.

Ava inclinó la cabeza.

–¿Estás enfadado conmigo?

Aquello era nuevo, tan nuevo que la sorprendió. Hasta entonces, nunca habían discutido.

Porque ella había accedido a todo lo que Flynn le había pedido.

No. En realidad, había tomado la decisión de apoyar al hombre al que amaba. Él nunca le había pedido que hiciese nada que pudiese incomodarla, como su padre.

La comparación con su odioso padre hizo que Ava valorase la suerte que tenía. Flynn se preocupaba por ella. Aunque le costase expresar lo que sentía con palabras, como les ocurría a casi todos los hombres. Era amable y considerado, generoso y apasionado.

–¿Enfadado? –repitió él–. No.

No obstante, le pasaba algo.

–Me preocupo por ti, Flynn. Trabajas mucho y te relajas muy poco.

Se giró a mirarlo y apoyó las manos en el tocador que tenía detrás.

–Me extraña que te tomases unas horas libres en París para ir a dar aquel paseo en barco en el que nos encontramos. Por no hablar de la semana en Praga... –añadió, sacudiendo la cabeza–. Dedicas toda tu vida al trabajo.

Para sorpresa de Ava, Flynn se sonrojó.

–No es una acusación –le dijo después.

Se sintió mal por protestar después de todo lo que Flynn le había dado: su amor, su cariño. Pero no lo hacía por propio interés, sino por él.

–Sé lo que hago, Ava –le aseguró él en tono tenso–. El negocio está creciendo, pero necesito protegerlo para el futuro.

Ella frunció el ceño. El negocio de Flynn no corría ningún riesgo.

—Esta noche es importante, Ava.

Flynn estaba tan inmerso en su trabajo que no se daba cuenta de que había mejores lugares a los que ir, maneras mejores de pasar el tiempo. Y ella tenía que conseguir que lo entendiese. Le llevaría tiempo, pero antes o después lo ayudaría a encontrar el equilibrio adecuado.

Mientras tanto, permanecería a su lado aunque se sintiese molesta, atrapada en un papel que la incomodaba.

¿Sería porque le recordaba al papel que había desempeñado su madre años antes?

Ava se estremeció y se frotó los brazos.

—Me voy a tomar el sábado libre para estar contigo —le dijo Flynn—. He encontrado una casa y quiero que vayamos a verla juntos.

—¿Una casa?

Ava se alegró al oír aquello. Las cosas estaban empezando a ir mejor. A juzgar por el brillo de los ojos oscuros de Flynn, debía de ser un lugar especial.

—¿Cómo es?

—Vieja y grande. Habrá que reformar la cocina y alguna habitación más, pero hay mucho espacio. Espacio suficiente para una casa de madera y un perro.

—Te has acordado —contestó Ava sonriéndole mientras apoyaba una mano en su antebrazo.

Él cubrió la mano con la suya, rodeándola con su calor.

—Por supuesto que me he acordado.

Su sonrisa la animó. Por supuesto que se había acordado. Aquel era Flynn.

—¿Y también tiene espacio para recibir invitados? —le preguntó.

–Sí, tiene espacio para todo.

Flynn sonrió todavía más y ella se contagió de su alegría. Cuando tuviesen su propia casa, haría de ella un lugar acogedor y convencería a Flynn de que pasase más tiempo allí.

–Estoy deseando enseñártela. Me parece que te va a gustar.

–Yo también lo estoy deseando.

–Y tengo algo más –añadió Flynn, ofreciéndole una caja de terciopelo negro con el logotipo de una conocida joyería.

Ava no pudo evitar pensar que su padre le había dado joyas de su madre para que las luciese con vestidos escotados. Y que después había instado a sus amigos a admirar dichas joyas, poniéndola a ella en una situación muy incómoda.

–¿No vas a abrirla? –le preguntó Flynn, frunciendo el ceño.

–Estoy sorprendida –respondió ella.

–Solo quiero lo mejor para ti, Ava. Ábrela.

Un brillo azul salió de la caja. Ava se quedó sin respiración.

–Oh, Flynn.

–¿Es bonito?

–¿Acaso lo dudas?

–Son del color de tus ojos –añadió él, al ver que Ava no se movía, que solo miraba el collar.

A ella se le llenaron los ojos de lágrimas. Sus ojos no podían ser tan bonitos como aquellos zafiros.

–Quiero que te lo pongas –le dijo Flynn, mirándola como la miraba cuando estaban en la cama.

¿Cómo no iba a querer a un hombre que la miraba así?

–¿Me lo pones tú? –le preguntó, dándole la caja y girándose hacia el espejo.

Las piedras azules del collar, intercaladas con diamantes, estaban frías. Su cuello pálido parecía delicado, casi regio, con aquella joya.

–¿Por eso querías que me pusiese este vestido?

El pronunciado escote del vestido negro era perfecto para realzar la belleza del collar.

Él asintió y le acarició la espalda.

–Ahora, los pendientes –le pidió Flynn, tendiéndoselos.

Las lágrimas de zafiro y diamantes le acariciaron la piel al mover la cabeza. El efecto era precioso, y un poco inquietante, pero entonces Ava miró a Flynn y se dio cuenta de que él la estaba observando con orgullo y satisfacción.

¿Qué más daba que no se sintiese cómoda con aquellas joyas? ¿Que no estuviese acostumbrada a sentirse... adornada?

Flynn le dio un beso en la muñeca, tenía los labios calientes.

–Estás preciosa, Ava –le dijo, soltándole la mano y retrocediendo para mirarla de arriba abajo–. Vas a ser el centro de todas las miradas. La mujer más glamurosa y mejor vestida de la noche.

Ava se puso tensa. ¿Acaso era aquello lo que le importaba a Flynn?

De repente, el collar le apretó la garganta como si se tratase de un cepo.

Capítulo 11

EL SÁBADO, Ava ya tenía otra percepción de las cosas. Se había confundido con respecto a las motivaciones de Flynn. La admiración de su mirada durante la gala había hablado por sí sola. Flynn había pasado con ella toda la noche, no la había abandonado en ningún momento para hablar de negocios. Y, cuando al llegar a casa habían hecho el amor, la había tratado como a una princesa, la había mimado, adorado.

Ava apartó de su mente la idea de que no quería que la tratasen como a una muñeca de porcelana. Solo estaba cansada porque llevaba unos días trabajando mucho.

–¿Algún problema? –le preguntó Flynn desde detrás del volante al ver que se frotaba las sienes.

–Un par de ellos. Estoy trabajando en un proyecto que se está encontrando con algunos obstáculos.

–Necesitas desconectar.

¿Como él? Aunque esa mañana Flynn no había mencionado su trabajo. Desde que se habían despertado, Ava se había dado cuenta de que estaba contento. Ella misma sonrió al pensar que iban a pasar todo el día juntos.

–¿A cuánto está la casa del centro de Londres? –le preguntó.

–Está fuera de Londres. Esa es la sorpresa.

Flynn sonrió y ella se derritió por dentro.

–¿Fuera de Londres? Pero desplazarse al trabajo...

–Va a merecer la pena. Ya lo verás. Es un lugar especial. Y con respecto al trabajo, pondré un despacho en casa y trabajaré desde allí un par de días a la semana.

–Pero yo tendré que desplazarme de todos modos.

Él volvió a mirarla de reojo.

–Tal vez haya alguna oportunidad laboral para ti cerca de casa. Y yo conservaré el piso del centro por si tenemos que quedarnos algún día a dormir. Además...

Hizo una pausa antes de continuar.

–Es mejor criar a los hijos en el campo. Tú misma lo has dicho.

Ava asintió. Era cierto que había dicho aquello. Aunque lo había hecho pensando a largo plazo. De todos modos, solo iban a ver la primera casa. Podía pasar mucho tiempo antes de que encontrasen la casa que iban a comprar. Además, hacía un día precioso, brillaba el sol y estaban juntos.

Se relajó y miró el paisaje por la ventanilla. En ocasiones, tenía que pellizcarse para comprobar que no estaba en un sueño. Había sido una casualidad que se encontrasen en París. Su suerte era tanta que casi prefería no pensarlo...

Se quedó traspuesta hasta que Flynn anunció:

–Ya hemos llegado.

Ava nunca lo había visto tan ilusionado. Abrió los ojos y parpadeó con fuerza, pensando que todavía estaba dormida y aquello era un sueño.

Reconoció el largo camino que llevaba hasta la casa y se quedó helada.

Flynn detuvo el coche sobre un puente de piedra que daba a un lago artificial.

–Frayne Hall –balbució.

–¿Sorprendida?

Se giró hacia él y vio que sonreía con satisfacción. Ava no pudo imitarlo.

–Sorprendida –dijo, tragando saliva–. ¿Qué hacemos aquí?

–Te he dicho que íbamos a ver una casa que había encontrado.

–¿Esta casa? –inquirió ella.

Flynn frunció el ceño.

–Pensé que íbamos a ver una casa en las afueras.

–No, quiero un lugar especial –le dijo él–. Me parece que se te olvida que tengo mucho dinero. Y pensé que te emocionarías al verla. Este lugar ha pertenecido a la familia de tu madre durante varios siglos.

Seis siglos exactamente. Hasta que su familia había perdido el dinero y su padre, que había sido un trepa, se había casado con su madre y se la había comprado a la familia de ella por muy poco dinero.

Ava sintió un escalofrío.

–Vamos –dijo Flynn, volviendo a poner el coche en marcha–. Vamos a verla de cerca.

Cuando por fin aparcaron delante de la casa, Ava tenía sus emociones bajo control. Era evidente que la idea que Flynn y ella tenían de su futura casa era diferente, pero llegarían a un acuerdo.

Y con respecto a Frayne Hall... ya se había recuperado de la sorpresa y sentía curiosidad. A pesar de los malos recuerdos, había vivido allí diecisiete años y le había encantado la casa, en especial, cuando su padre había estado ausente. Volvería a verla, satisfaría su curiosidad y después le diría a Flynn que prefería no vivir allí.

–¿Preparada?

Flynn le estaba sujetando la puerta de entrada con una mano y agarraba la suya con la otra. Su sonrisa le dio fuerzas. El hombre al que adoraba había organizado aquello pensando que sería especial para ella.

–Preparada.

Una hora después, estaban en el salón principal. La luz que entraba por los altos ventanales enfatizaba la falta de muebles y los lugares en los que había habido cuadros en el pasado.

Ava lo prefería así: elegante, bonito y ajeno a las muestras de ostentación que tanto le habían gustado a su padre.

–¿Qué te parece? –le preguntó Flynn.

–Me parece que te veo muy cómodo en ella.

Ava estaba acostumbrada a verlo de traje y lo prefería así, con unos vaqueros y una camisa remangada. Parecía relajado, pero con energía, y estaba muy guapo.

–Deberías dejarte crecer el pelo.

–¿Qué?

Ava sonrió.

–Quiero poder entrelazar los dedos en tu pelo.

–¿Está intentando ligar conmigo, señora Marshall? –le preguntó con malicia.

–Es posible, señor Marshall.

En contra de todo pronóstico, le había gustado ver la casa. No sabía si porque se había obligado temporalmente a enterrar los amargos recuerdos del pasado, o porque estaba allí con Flynn.

–Gracias por haberme traído –murmuró–. Es un lugar precioso.

Flynn la abrazó.

–Sabía que te gustaría.

Ella cerró los ojos y disfrutó de la sensación de tenerlo cerca. Respiró profundamente y después le dio un beso en el cuello.

–Me puedo imaginar un enorme árbol de Navidad allí –le dijo él–. ¿Y tú?

Para alivio de Ava, no era donde sus padres habían puesto el árbol.

–Y las escaleras adornadas de hiedra y acebo –añadió él, señalando hacia las puertas abiertas–. Solía ayudar a mi padre a cortar plantas para adornar la casa, pero nunca la he visto decorada.

Por supuesto que no. Solo se le había permitido entrar en la cocina, donde había trabajado su madre. Ninguno de los empleados lo había hecho. El padre de Ava nunca se había preocupado por ellos, sino solo por la gente a la que quería impresionar.

–Seguro que este salón estaba precioso cuando celebrabais las fiestas. Recuerdo haber mirado desde la ventana.

Ava asintió.

–Sí, era espectacular.

–Pues volverá a serlo. Ya te imagino saludando a nuestros invitados, con el pelo recogido y los pendientes de zafiros puestos, y todo el mundo sabrá que soy el hombre más afortunado del mundo. Volveremos a abrir el salón de baile y lo llenaremos de gente.

–¿Hablas en serio? –le preguntó ella con incredulidad.

Flynn la miró fijamente.

–No te preocupes, mi asistente personal se ocupará de todo –dijo, tomando sus manos–. Tú solo tendrás que ponerte guapa y hacer de anfitriona.

Ava agarró sus manos con fuerza.

–Espera un momento –le dijo–. Hablas como si ya

estuviésemos aquí. ¡Como si ya hubiésemos decidido comprar la casa!

—Esa es mi sorpresa.

Por primera vez desde que lo conocía, Ava no se derritió por dentro al verlo sonreír. En vez de eso, se le encogió el estómago.

—La he comprado. Es un regalo especial para ti. Sabía que te encantaría.

Flynn clavó la vista en aquellos ojos azules que eclipsaban a los zafiros que le había regalado. Esa mañana su azul era más profundo y oscuro, en comparación con la piel, que estaba demasiado pálida.

Le sorprendía que Ava no estuviese acostumbrada a su ritmo de vida, pero lo cierto era que había estado tan inmerso en sus planes que no se había dado cuenta. Tenía que haber planeado más noches en casa para que pudiese descansar. El trabajo la tenía agotada.

—¿Qué has dicho?

—Que la he comprado para ti. Acabo de cerrar la compra.

A Ava empezó a temblarle la mano y Flynn esperó a que sonriese, pero, en vez de eso, lo miró con los ojos muy abiertos y, después de unos segundos, dijo por fin:

—¿La has comprado? Pero si íbamos a buscar una casa juntos.

Flynn se sintió molesto al oír aquello, acababa de comprar para Ava una finca multimillonaria y ella se comportaba como si la hubiese privado de algo.

—Es la casa perfecta para nosotros. Por eso la he comprado.

No mencionó que no había estado a la venta, pero

que él le había hecho al dueño una oferta que no podría rechazar porque aquella era la casa que él estaba
decidido a comprar.

–¿La has comprado para mí? ¿Porque era la casa
de mi familia?

Ava parecía muy sorprendida. Flynn pensó que
quizás debiese haber ido más despacio. Adaptarse al
matrimonio llevaba su tiempo. Él estaba acostumbrado a tomar decisiones y a ponerlas en práctica rápidamente. Tal vez debía haberle contado a Ava sus
planes.

–Quería que tuvieses todo lo que habías tenido en
el pasado, Ava. Es la casa de tu familia –le dijo, echán-
dose a reír–. Y de la mía también. Vamos a volver al
lugar al que pertenecemos.

Nunca había estado tan seguro de algo como de
que su sitio estaba allí, con Ava.

Frayne Hall era el símbolo de su trabajo y de su
éxito, la joya de la corona de lo que un tiempo atrás
había sido el imperio de Michael Cavendish. Cavendish

Flynn era mejor persona que Cavendish, siempre
lo había sido.

–¿Quién ha dicho que este es el lugar al que yo per-
tenezco? –inquirió Ava, apartándose de él.

–¿Qué te pasa? Pensé que te pondrías muy contenta. Tú misma dijiste que esta casa era un lugar muy
bonito.

–Pero eso no significa que quiera vivir aquí.

–Querías una casa grande, lo suficientemente grande
para una familia.

Ava se rio con amargura.

–Me imaginaba una casa acogedora, con espacio suficiente para un par de niños y un perro. No una man-

sión en la que cabrían todos tus empleados de Londres o más.

—Tendremos ayuda para cuidar de la casa. No tendrás que preocuparte de eso.

—¡No es tener que limpiar lo que me preocupa!

—Entonces, ¿qué es?

Flynn se acercó a ella, le tendió la mano, pero Ava permaneció inmóvil. Flynn bajó el brazo, diciéndose a sí mismo que Ava no se había dado cuenta de su gesto. Estaba inmersa en un debate interno que le estaba haciendo apretar los labios.

No obstante, a Flynn le dolió que lo rechazase.

—Has comprado la casa sin consultarme —protestó ella.

—Porque es perfecta.

Flynn respiró hondo para tranquilizarse, no estaba acostumbrado a que cuestionasen sus decisiones.

—Es la primera vez que te parece mal una de mis sorpresas. Te encantó la boda y...

—Eso fue diferente —dijo ella, haciendo una mueca.

—¿Por qué?

—Porque no era una decisión acerca de nuestro futuro.

—Ah.

Así que a Ava le parecía bien que tomase decisiones relacionadas con el presente, pero no con el futuro. Flynn se puso tenso, molesto. No quiso ni pensar en cómo reaccionaría Ava si se enteraba de que si se había enamorado de él había sido gracias a sus planes, cuidadosamente ejecutados. Se le encogió el estómago.

¡Tonterías! Estaban hechos el uno para el otro. Y no importaba cómo hubiesen empezado su relación.

—Lo siento —se disculpó, no por haber comprado la

casa, sino por no habérselo dicho antes a Ava–. Tenía que haber hablado contigo y haberte implicado en la decisión.

No sabía por qué, pero no quería verla disgustada, quería verla sonriendo, contenta. Se había acostumbrado a verla así y le gustaba mucho.

No era que lo necesitase, sino que era lo que quería.

Con Ava tenía una relación especial, una conexión que solo había tenido antes con su familia.

Se dio cuenta de que él había cambiado la vida de Ava, pero ella también había cambiado la suya. Quería cosas que antes nunca había echado de menos. Como sus sonrisas.

–Oh, Flynn. ¿Qué voy a hacer contigo?

Sonrió y lo distrajo de sus inquietantes pensamientos. Ella sacudió la cabeza y Flynn vio moverse su pelo y deseó olvidar aquella discusión y buscar una cama. Nunca había sido tan feliz como con Ava desnuda, a su lado.

–Pensaste que estabas haciendo algo maravilloso, ¿verdad?

–Estoy haciendo algo maravilloso –dijo él, tomando su mano para hacer que se acercase.

Ava se echó a reír y el sonido hizo que Flynn se sintiese aliviado.

–¡Qué modesto eres! –añadió ella, poniéndose seria–. Te agradezco el gesto, Flynn. Es romántico y generoso. Pero me gusta tomar mis propias decisiones, en especial, cuando son importantes. Me parece que no eres consciente de lo importante que es para mí la independencia. No quiero que nadie, ni siquiera tú, tome las decisiones por mí.

La expresión del rostro de Ava era tan decidida que

Flynn volvió a sentir que se le encogía el estómago. Cuando Ava se enterase de qué más había hecho...

No. No tenía por qué enterarse.

Y, si lo hacía, comprendería que lo había hecho pensando en ella.

El trabajo la estaba agotando...

–Este no es el lugar adecuado para vivir si vamos a estar trabajando en Londres –comentó ella.

Y Flynn se preguntó si le habría leído el pensamiento.

–Aunque me quedase un par de noches a la semana en tu piso, todavía tendría que viajar demasiado –añadió ella.

–Podríamos ir y venir juntos.

Sorprendentemente, a Ava le brillaron los ojos al oír aquello. Inclinó la cabeza.

–Eso me gustaría. Así podríamos pasar más tiempo juntos.

Flynn también lo deseaba. Cada vez le costaba más concentrarse en su trabajo. Quería tener más tiempo libre y pasarlo con Ava.

–Entonces, ¿no te importa que haya comprado Frayne Hall?

–Yo no he dicho eso –respondió ella, poniéndose seria otra vez–. Te agradezco el gesto, pero aun dejando a un lado que no me hayas consultado, no estoy segura de querer vivir aquí.

–¿Por qué?

Ava respiró hondo.

–Vivir aquí no fue divertido, a pesar de lo que pudiese parecer desde fuera.

Flynn frunció el ceño e intentó descifrar su expresión.

–Tienes razón, desde fuera parecía todo maravilloso.

Él había sentido celos de los Cavendish. No solo de su riqueza, sino de lo que esta implicaba: seguridad, una excelente educación, la mejor sanidad, que podría haber salvado la vida de su padre.

También habían gozado del lujo de tener tiempo libre. Siempre habían podido disfrutar los unos de los otros, mientras que él se había pasado días enteros sin ver a su madre, que había estado encerrada en la cocina de la gran casa.

—Las apariencias engañan. No todo eran momentos felices.

—Sé que tu padre podía ser... difícil... con sus empleados —empezó Flynn, escogiendo cuidadosamente las palabras, consciente de que Ava debía de haber querido a su padre—, pero a ti te adoraba.

—¿Eso piensas? —replicó ella . Pues era mentira.

—¿Cómo?

—¿Tu madre nunca te lo contó?

—¿Contarme, el qué?

Flynn se dio cuenta de que Ava se había puesto muy tensa de repente, y no le gustó. Notó que empezaba a temblar y se dio cuenta de que había una desolación en su mirada que no había visto nunca antes.

—Mi padre era...

Ava tragó saliva y, para sorpresa de Flynn, se le llenaron los ojos de lágrimas.

—¿Ava? ¿Qué pasa?

—No quiero hablar de ello —le dijo, apartándose—. Sobre todo, aquí.

Flynn la miró fijamente. Estaba confundido. Siempre había envidiado a los Cavendish por su vida fácil y privilegiada. Michael Cavendish había sido un cerdo egoísta con sus empleados, pero siempre le había parecido un padre y un marido atento. El padre y el marido perfecto.

¿Qué le había hecho a Ava para que tuviese los ojos llenos de lágrimas? ¿Habrían discutido la última vez que habían estado juntos? Debía de ser algo así. Flynn había visto muchas veces lo bien que trataba Cavendish a su única hija. El día de su diecisiete cumpleaños le había regalado un Mercedes descapotable rosa.

—Está bien, no hablaremos de él —dijo, tendiéndole la mano—. ¿De acuerdo?

—De acuerdo.

—Quiero que seas feliz aquí.

Ella suspiró.

—Lo sé. Sé que has comprado la casa para hacerme un regalo romántico y extravagante.

¿Romántico? Flynn no le contó que había planeado comprar Frayne Hall el día de su decimosexto cumpleaños. Sentado en una fría habitación de hospital, viendo morir a su padre, deseando desesperadamente que su madre pudiese ausentarse del trabajo y estar allí para despedirse de su marido.

—Está bien, Flynn. Lo comprendo.

Él intentó concentrarse en el rostro de Ava.

Ella no podía entenderlo. Nadie podía entenderlo, ni siquiera Ava.

—Entonces, ¿estás contenta con la casa? —le preguntó.

—No era lo que esperaba ni lo que quería —admitió ella, respirando hondo—. Así que voy a necesitar tiempo para pensarlo.

Él entrelazó los dedos con los suyos.

—Tiene muchas posibilidades.

Ava no parecía del todo convencida.

–Yo me imagino criando a nuestros hijos aquí, creando nuevos recuerdos juntos.

A Ava le brillaron los ojos y Flynn se sintió más confiado.

–Tómese todo el tiempo que necesite, señora Marshall.

Mientras tanto, él haría todo lo posible para convencerla.

Flynn inclinó la cabeza, la miró a los ojos y le dio un beso. Por un instante, Ava no se movió, pero luego suspiró de placer. Él se sintió satisfecho. Al menos, para aquello no tenía que persuadirla.

Capítulo 12

SUPONGO que a largo plazo podría ser positivo –dijo Ava, intentando sonreír porque sabía que su hermano captaría su actitud a través del teléfono.

–Pero si te encantaba tu trabajo. Debes de estar sufriendo mucho.

Ava hizo una mueca. Rupert la conocía demasiado bien. Le había encantado su trabajo y la sensación de estar contribuyendo con algo que merecía la pena. Había sido mucho más que una manera de ganarse la vida.

Miró hacia los jardines recién podados de la finca. De niña le había encantado escaparse e ir allí, y fingir que el mundo era un lugar feliz. Hasta que su padre la había sorprendido un día, sucia y con la ropa arrugada, y le había prohibido volver. Tal vez debiese ir a dar un paseo por el bosque, a ver si eso la ayudaba.

–Tienes razón –admitió–. Sobre todo, porque ha sido una gran sorpresa. Nada hacía pensar que iban a recortar personal. Me enteré cuando la jefa de recursos humanos me llamó para hablar conmigo.

–Qué manera tan brusca de darte la noticia, después de todo lo que has trabajado. Estoy seguro de que van a arrepentirse de haberte echado.

Ava sonrió. Rupert siempre había estado de su parte. Aunque era normal, porque también había estado en contra del mundo o, al menos, de su dominante padre.

–La verdad es que yo no era nadie en la organización –añadió ella–. Estoy buscando otro trabajo. Mientras tanto, hay mucho que hacer antes de que nos mudemos a Frayne Hall. Así que es una suerte tener tanto tiempo libre.

Hizo una pausa y tomó aire.

–¿Te he contado ya que Flynn quiere organizar una fiesta de invierno?

–¡No! –exclamó él–. ¿Y a ti te parece bien? Yo no creo que te gusten esas cosas.

Ava sonrió a pesar de la tensión de su cuello.

–¿Por qué no me dices directamente lo que piensas?

–¿El qué? ¿Que es la peor idea que he oído en mi vida? ¿Cómo puede proponerte eso Flynn, sabiendo lo que ocurrió la última vez?

Ava se acercó a los grandes ventanales y vio aparecer una camioneta a lo lejos.

–Flynn no lo sabe.

–Pensaba que había estado contigo aquella noche.

–Sí, pero no se lo conté todo. Y él no estaba en la fiesta, sino en la casa de sus padres. Dio por hecho que había estado de fiesta y que mi coche se había salido de la carretera.

Recordó haberse sentido muy aliviada cuando Flynn la había encontrado. Había sido muy amable con ella. Ava nunca había olvidado su imagen: grande, capaz, protector.

Flynn siempre había sido especial.

No obstante, ella no le había hablado de su padre ni de su vida allí. ¿Por qué? ¿Se sentía avergonzada?

–¿Y no crees que va siendo hora de contárselo?

–Flynn no puede cambiar el pasado. ¿Qué conseguiría contándoselo?

Rupert dudó.

—Pensaba que los matrimonios lo compartían todo.

—Y lo hacemos, sí. Con las cosas importantes —se defendió Ava.

—¿Y decirle a tu marido que preferirías que te despellejasen viva a celebrar otra fiesta de invierno en esa casa no te parece importante?

Ava se frotó los brazos, se le había puesto la piel de gallina.

—La verdad es que no me gusta hablar de ese tema. Me pone enferma.

—Eso lo comprendo.

—Este baile será diferente —le aseguró a su hermano, intentando pensar en el futuro—. Esta será nuestra fiesta. Cuando volví aquí me di cuenta de que me había alejado de este lugar por los recuerdos. Estoy cansada de huir del pasado, ha llegado el momento de crear recuerdos nuevos. Recuerdos felices... con Flynn.

Era el momento de ser fuerte, no de ocultarse del pasado.

—Me alegro por ti, hermanita. Hay que tener agallas.

Ava se encogió de hombros. Rupert tampoco lo había tenido fácil allí, por eso sabía que lo que iba a pedirle iba a ser complicado.

—Todo sería más sencillo si tú estuvieses aquí, Rupert —empezó—. ¿Vendrás a la fiesta? Hace siglos que no nos vemos.

—No sé si voy a poder escaparme.

—Seguro que puedes tomarte unos días libres. Por favor.

Ava vio que la camioneta se detenía delante de la casa.

—Así podrías conocer a Flynn.

–¿Y eliminar a algún fantasma, ya que estoy allí?

–Eso también.

Ava esperó con la respiración acelerada. Sabía que iba a tener a Flynn a su lado, pero prefería tener a Rupert también.

Los actos sociales a los que habían acudido en los últimos meses habían sido difíciles, pero hacer de anfitriona en aquella casa, llena de recuerdos de las tensas sonrisas de su madre, de las manipulaciones de su padre y de su propio trauma... sería demasiado.

Rupert suspiró.

–De acuerdo, Ava. Allí estaré. Solo por ti. Recuerda que me debes una.

Ella sonrió, aliviada. Con Flynn y Rupert allí, podría hacerlo.

Y, cuando por fin estuviesen instalados en Frayne Hall, haría que Flynn se tomase más tiempo libre. Fortalecerían su relación y convertirían aquella casa en un hogar.

–¡Gracias, Rupert! No sabes lo mucho que eso significa para mí.

–Bueno, así por lo menos podré conocer a Flynn. Si ha sido capaz de convencerte para que vayas a vivir a Frayne Hall, debe de ser especial.

–Lo es. Ya lo verás.

Ava colgó el teléfono mientras unos hombres salían de la camioneta, que estaba llena de muebles que Flynn había encargado. Ella frunció el ceño.

Todas las noches, Flynn le hacía el amor con una ternura que le llegaba al corazón y hacía que sintiese adicción por él, pero nunca conseguían pasar más tiempo juntos, a pesar de que ella ya no trabajaba.

Flynn le había asegurado que, cuando estuviesen completamente instalados en Frayne Hall, trabajaría desde su despacho allí y podrían tener más tiempo como pareja.

Y ella comprendía que tuviese que trabajar, pero estaba cansada de tanta vida social.

Quería soltarse el pelo, literalmente, y pasar tiempo de calidad con el hombre al que amaba. Se sentía como una cifra en vez de como una persona.

No pudo evitar pensar en su madre, elegante y encantadora, pero tensa y vacía en realidad.

Un ruido llamó su atención. Habían abierto las puertas traseras de la camioneta. Ava se metió el teléfono en el bolsillo y salió, agradecida por la distracción.

—¿Dónde ponemos esto? —preguntó el jefe de la cuadrilla, señalando los cuadros que había en el interior del vehículo.

—Tengo que verlos para saberlo.

Los pintores habían terminado de pintar la planta baja de la casa muy rápidamente y estaban en el primer piso. Flynn le había dicho a Ava que podía organizar las cosas como quisiera, pero ella no sabía qué era lo que él había comprado.

Era curioso... Lo habitual era que la mujer comprase los muebles. Aunque, teniendo en cuenta el horario de Flynn, era probable que lo hubiese hecho su asistente.

Ava frunció el ceño. Tenía que haberse ofrecido ella, pero todo había ocurrido tan deprisa...

Decidió que las cosas iban a cambiar. Si iban a vivir allí tendría que tomar las riendas de la casa. Sobre todo, en los dormitorios. Quería colores alegres, muebles cómodos y acogedores.

En cuanto terminase con aquella entrega, haría una lista e iría de compras.

Entró en la camioneta y empezó a ver antiguos retratos de sus antepasados. Se le aceleró el corazón. ¿Flynn se había dedicado a buscar los retratos de su familia materna? ¿Cuánto tiempo le habría llevado encontrarlos? Solo llevaban casados un par de meses.

Sacudió la cabeza, desconcertada.

—¿Te parece bien?

Ava se giró al oír una voz conocida.

—¿Flynn? ¿Qué estás haciendo aquí? Pensé que estabas en Londres.

Le dio un vuelco el corazón al verlo subir a la camioneta y alargar los brazos hacia ella.

—Me he tomado la tarde libre.

—¿De verdad? —preguntó ella con el corazón acelerado.

—Te lo había prometido, ¿no? —le dijo él, dándole un beso primero en la mejilla y después en los labios.

—Habías dicho que algún día...

Él la acalló apoyando un dedo en sus labios.

—Pues aquí estoy, y vamos a comer de picnic.

—¿Un picnic? —repitió Ava, sonriendo de oreja a oreja—. ¿De verdad? Vamos al bosque, conozco el lugar perfecto. Está lleno de campanillas en primavera, pero incluso en un día como hoy estará precioso.

Y pensar que media hora antes había estado disgustada. Flynn estaba haciendo un esfuerzo por ella.

—Lo que tú quieras.

Volvió a besarla y a ella se le aceleró la respiración. Casi le daba miedo pensar en el poder que Flynn tenía sobre sus emociones. ¿Qué tenía, que era capaz de alegrarle el día en un segundo?

La respuesta era sencilla. Le importaba, la quería. Y se lo demostraba de muchas maneras.

—¿Te parecen bien los cuadros?

Ava asintió y se giró a mirarlos.

–No me puedo creer que hayas podido encontrarlos en el breve tiempo que llevamos casados.

Él tardó unos segundos en responder.

–Tengo empleados muy eficientes. Cuando saben que quiero algo, lo consiguen para mí.

A Ava le dio la impresión de que se ponía tenso.

–¿Va todo bien? –le preguntó, mirándolo con curiosidad.

–¿Por qué no iba a ir todo bien?

Ella se encogió de hombros. La expresión de Flynn era indescifrable, pero ella estaba segura de que se había puesto tenso.

–Por nada.

Él no respondió y Ava añadió:

–Ha sido una idea estupenda.

Señaló otro de los bultos que había en la camioneta.

–¿Qué es?

–Muebles. Cosas para la casa.

Ella avanzó con curiosidad y él la acompañó con la mano apoyada en su cintura, un gesto que a Ava le encantaba.

Levantó un papel de embalar... y se quedó helada.

–El escritorio de mi padre.

–He tardado mucho en encontrarlo.

–¿Por qué te has molestado?

–Es muy bonito. Una pieza única. Recordaba haberlo visto en una ocasión que entré en la casa.

Ava asintió lentamente. Era muy bonito. Ella había pasado horas mirándolo mientras su padre la reprendía.

En uno de los primeros recuerdos que tenía de él estaba de pie, con las manos unidas, delante de aquel escritorio, mientras su padre la regañaba por haber cruzado el vestíbulo sin mirar y haber estado a punto de chocar con un importante invitado. Sus ojos habían estado a la altura de la parte alta del escritorio y ella se había concentrado en la talla de la madera para no llorar.

Se apartó del mueble temblando, como si hubiese tocado una serpiente, y dejó caer el papel de embalar.

Miró a su alrededor. ¿Qué más habría comprado Flynn? Tragó saliva y le dolió la garganta.

—¿Dónde has pensado ponerlo? ¿En la biblioteca?

A pesar de que su padre le había prohibido tocar los libros, esa siempre había sido su habitación favorita.

—No, en mi despacho.

—Pensé que preferirías un estilo más moderno.

Odiaba la idea de que Flynn trabajase en aquel escritorio.

—Este escritorio va bien con el ambiente de Frayne Hall.

Ava se contuvo para no decirle que era exactamente el ambiente de la casa lo que quería cambiar.

—¿Ava? ¿Estás bien?

¿Qué podía decirle? ¿Que había resucitado al fantasma de su padre llevando aquel escritorio a la casa? Flynn se había tomado muchas molestias para localizar y comprar objetos que habían pertenecido a su familia. Porque la quería.

—Por supuesto que estoy bien, pero necesito comprar yo el resto de los muebles. Vamos a decirles dónde tienen que dejar todo esto y luego iremos a comer.

—Hay otra cosa más —le dijo él, sonriendo de medio lado—. Una sorpresa.

—¿Otra? —le preguntó ella—. Ya has hecho suficiente, Flynn.

Lo más importante para ella era que pudiesen estar juntos. No le importaba nada material, pero tal vez no fuese una cosa, sino el picnic, una experiencia en común.

–Dame ese gusto –murmuró él.

Bajó de la camioneta de un salto y la agarró de la cintura, haciéndola girar en el aire. La dejó en el suelo muy despacio y el brillo de sus ojos hizo que a Ava se le acelerase el corazón.

Se acercó más a ella, pero en vez de darle un beso le susurró al oído:

–¿Preparada?

Ella asintió, incapaz de hablar de la emoción. Era una locura, pero la ternura de Flynn la hacía feliz.

Había estado sola desde los diecisiete años, después de haberse marchado de Frayne Hall. Era independiente, autónoma y moderadamente inteligente, pero había esperado mucho tiempo para poder volver a tener a Flynn para ella.

Y había vuelto, el Flynn del que se había enamorado.

Ava tomó su barbilla con ambas manos y le dijo:

–Estoy lista.

Él la besó y a Ava le dio vueltas la cabeza y tuvo la sensación de que el sol de otoño brillaba de repente con más fuerza.

Luego, Flynn se apartó con la respiración entrecortada y le acarició el pelo.

Dio instrucciones a los hombres de la camioneta y condujo a Ava hacia un lateral de la casa.

–¿Adónde vamos?

–Es una sorpresa, ¿recuerdas? Cierra los ojos.

Con el fuerte brazo de Flynn alrededor de la cintura, Ava continuó andando con seguridad a pesar de que pronto se sintió desorientada.

Por fin, se detuvieron.

–Ya puedes abrir los ojos.

Ella dudó, pero abrió los ojos. Y se quedó helada.

Dejó de respirar. Por un instante, dos, tres, cuatro, se quedó inmóvil, y luego se le doblaron las rodillas y dejó caer el peso de su cuerpo sobre Flynn.

–No puedo creerlo...

Era el último modelo descapotable de Mercedes en color rosa.

Era como si alguien hubiese arreglado, por arte de magia, el coche que su padre le había regalado y que ella había estrellado.

¿En qué había estado pensando Flynn al comprar aquello?

¿Cómo podía pensar que era la clase de mujer a la que le gustaba ir en un coche rosa pastel?

La idea la sorprendió todavía más.

¿Era eso en lo que se había convertido? ¿Cuánto tiempo hacía que no se había puesto su ropa de alegres colores? ¿Cuánto tiempo hacía desde que había pasado la noche hablando acerca de cosas importantes en vez de charlar de nimiedades?

–Me he acordado de tu viejo coche, y de lo mucho que te gustaba conducirlo –le dijo Flynn, como si pensase que le había gustado la sorpresa.

Ella asintió en silencio. Le había encantado conducirlo. ¿Y a qué adolescente no? Hasta que su padre le había dejado claro el precio que tenía que pagar por él. Y le había explicado claramente que necesitaba de su cooperación para salvar el negocio.

Ava sintió náuseas. Las contuvo e intentó esbozar una sonrisa. Flynn no se dio cuenta, le estaba contando cómo era aquel último modelo y todas sus características.

Típico de un hombre, pensó ella.

Aunque, por otra parte, sintió que Flynn le había destrozado aquel maravilloso día al hacer que volviese a sentirse como con diecisiete años, cuando había descubierto lo horrible que podía ser el mundo.

Capítulo 13

AVA sonrió y asintió. Sí, Frayne Hall estaba preciosa. Sí, estaba bien, estar en casa, celebrando su primera fiesta en Frayne Hall.

Pero Ava tenía el estómago encogido.

Había intentado animarse comprándose un vestido rojo, ya que era un color que le encantaba, pero no lo había conseguido. Se movió entre los invitados, riéndose y fingiendo interés. Nadie parecía darse cuenta de que ni su sonrisa ni sus pensamientos eran en absoluto plácidos.

Planear aquella fiesta la había consumido. Pensar en ella, y todos los recuerdos que le había traído, le daban náuseas.

Pero había algo más. Se sentía... insatisfecha.

Después de varios meses de matrimonio todavía seguía soñando con pasar tiempo de calidad con Flynn. Él trabajaba desde casa en ocasiones, pero eso significaba que pasaba muchas horas encerrado en su despacho. No había habido más picnics y casi no pasaban tiempo juntos cuando no estaban rodeados de gente.

Algo tenía que cambiar. Ava decidió enfrentarse a él al día siguiente. No podía continuar así.

Lo vio al otro lado del salón, charlando con un importante político. No la miró. ¿Cuánto tiempo hacía que no la abrazaba fuera de la cama?

Su dolor de cabeza se acrecentó. Estaba deseando

escapar de allí, quitarse las horquillas, los tacones y ponerse su pijama viejo. Un pijama que no había vuelto a ponerse desde que se había reencontrado con Flynn, porque a él le gustaba el encaje y la seda, o nada. Ava quería tomarse un chocolate caliente, ponerse una película antigua y...

–Hola, Ava –dijo una voz, interrumpiendo sus pensamientos–. Hacía mucho tiempo que no nos veíamos.

Se giró y vio a un hombre de pelo cano que sonreía ampliamente.

La copa de agua con gas tembló en su mano y se salpicó el vestido. La agarró con fuerza frente a sí, como si se tratase de una barrera.

–Benedict Brayson –dijo en un susurro.

Él sonrió todavía más, pero su mirada era calculadora.

–Es evidente que no esperabas verme aquí, Ava, pero tengo que admitir que yo estaba deseando que retomásemos nuestra amistad –le dijo él, clavando la vista en su escote–. Estás todavía más bella que la última vez que nos vimos.

Ava tenía la respiración y el pulso acelerados, giró la cabeza, pero no tenía escapatoria. Todo el salón estaba lleno de invitados.

Brayson dijo algo que ella no pudo oír, aturdida, vio cómo se movían sus labios, cómo sus ojos grises brillaron con codicia.

Y ella volvió a tener diecisiete años y se sintió horrorizada, confundida, y fue incapaz de moverse de donde estaba.

Entonces, por fin, su cerebro empezó a funcionar de nuevo y la ira la hizo temblar.

No iba a escapar. No había hecho nada malo.

–¿Cómo te atreves a venir a esta casa?

Él abrió mucho los ojos y después sacudió la cabeza, volvió a sonreír.

–He sido invitado, querida Ava. Tu marido me ha invitado. Sin duda, Flynn quería que retomásemos nuestra amistad.

Flynn recorrió el salón con la mirada en busca de Ava. Era su talismán.

Frunció el ceño. A pesar de la distancia se dio cuenta de que estaba demasiado pálida. Muy guapa, eso sí, con aquel vestido rojo, muy sexy, pero, de repente, era como si hubiese perdido su brillo interior.

La vio tensa, tenía los labios apretados.

Se disculpó y avanzó entre la multitud haciendo caso omiso de las invitaciones a detenerse a charlar.

Tenía la vista puesta en Ava, que estaba... desencajada... inmóvil. Preocupado, apresuró el paso.

–Quiero que te marches.

Ava hablaba en voz baja, pero Flynn oyó sus palabras claramente a pesar de que la voz era tan fría que no parecía la suya.

–¿Cómo voy a marcharme, querida? Todavía no hemos tenido tiempo de ponernos al día –dijo Benedict Brayson, que era banquero.

Flynn se detuvo junto a Ava y la abrazó por la cintura.

–Aquí estás, cariño.

Ella no apartó la mirada de Brayson. Parecía hipnotizada.

Brayson rompió el silencio.

–Ava y yo estábamos a punto de...

–Vete de aquí. Ahora mismo –le espetó ella, sorprendiendo a Flynn–. No quiero que te acerques a mí.

—Pero tu marido me ha invitado, ¿verdad, Flynn?

Ver que Brayson disfrutaba tanto de aquella situación enfadó a Flynn que, además, consideraba al hombre un cerdo pomposo y arrogante.

Flynn apartó el brazo de Ava y lo acercó a Brayson. No sabía lo que estaba pasando, ya lo averiguaría más tarde. Fuese lo que fuese, Ava debía de tener un motivo para estar actuando así.

—Será mejor que te marches, Brayson —le pidió con voz tensa.

El otro hombre se echó a reír y se quedó donde estaba.

—Venga, amigo. Si ha sido todo un malentendido. La señorita ha reaccionado de manera exagerada, pero la voy a perdonar.

Flynn agarró a Brayson del cuello y lo levantó hasta su altura. A su alrededor se apagaron algunas conversaciones.

—O te marchas por tu propio pie o te echo yo.

Brayson se puso colorado.

—Me voy —balbució.

—Déjalo. Tenemos invitados, Flynn —susurró Ava, tirando de él.

Flynn lo soltó muy a su pesar y vio que Brayson se tambaleaba y se llevaba la mano a la garganta. Un momento después iba en dirección a la puerta.

Flynn deseó echar de allí a todo el mundo. Anunciar que la fiesta se había terminado y llevarse a Ava a algún lugar donde pudiesen estar solos.

Se giró hacia ella y la miró a los ojos.

—¿Estás bien?

—Lo estaré —respondió ella con una voz extraña.

—Ven, voy a sacarte de aquí.

—No. Es nuestra fiesta, nuestra casa. No voy a huir

–le dijo, mirando a su alrededor–. Ya ha pasado, Flynn, y tenemos que atender a nuestros invitados.

–¿Qué pasaba con Brayson?

Flynn se quitó la pajarita sin apartar la mirada de Ava. Los invitados se habían marchado y por fin estaban a solas.

Ella se sentó en la cama y se desabrochó los zapatos. La suave curva de su cuerpo y la esbelta vulnerabilidad de su cuello despertaron el deseo en Flynn a pesar de que el aspecto de Ava era frágil. Estaba tan pálida que su piel parecía translúcida.

No obstante, sus ojos brillaban más que nunca, había en ella una energía palpable.

–Gracias –le dijo ella con voz ronca, pero firme.

La intensidad de su sonrisa lo golpeó con fuerza. No era una sonrisa de alegría, era demasiado tensa. Ava parecía más fuerte y, al mismo tiempo, más vulnerable que nunca.

–¿Gracias por qué? ¿Por no haber empeorado las cosas echándolo a patadas?

Flynn todavía estaba enfadado. No podía olvidar la mirada de Brayson a Ava. Ningún hombre trataba así a su mujer.

Ella se quitó las horquillas del pelo y suspiró, hizo girar los hombros para relajarse.

Flynn vio que la melena caía alrededor de su rostro. Estaba muy bella cuando se arreglaba, pero también le encantaba cuando estaba relajada, solo con él, cuando lo miraba a los ojos mientras hacían el amor o cuando intentaba convencerlo de que trabajase menos. Cuando se reía. Ava estaba preciosa cuando estaba feliz.

Y odiaba verla disgustada.

—Gracias por haberme apoyado, por haberte puesto de mi lado.

Flynn frunció el ceño.

—Por supuesto que me he puesto de tu lado. Eres mi esposa.

Ava parpadeó y apartó la mirada para dejar las horquillas encima de la mesita de noche, pero Flynn se dio cuenta de que tenía los ojos llenos de lágrimas.

—Ava, ¿qué te pasa?

Se acercó a la cama y se sentó a su lado, la abrazó por la cintura y se dio cuenta de que estaba muy tensa.

—No sabes lo que significa para mí que te hayas enfrentado a él. Sé que esta noche era muy importante para ti, era nuestra primera fiesta en Frayne Hall.

—¿Y por eso iba a permitir que ese tipo te insultase?

Ava se entretuvo quitándose los pendientes.

—Ava, háblame —le pidió, tomando su barbilla para que lo mirase.

—No estoy acostumbrada a que nadie me defienda.

Flynn se dio cuenta de que aquel no era un comentario casual, detrás de aquello había algo importante.

—Cuéntamelo.

—Es un hombre detestable y no soporto tenerlo cerca. No sabía que lo habías invitado.

—Está muy implicado en un proyecto que tengo en mente —le contó Flynn—, pero ya no voy a trabajar con él.

—¿Así, sin más? —preguntó ella sorprendida.

—Así, sin más —respondió Flynn, dándole un beso en los labios—. Ahora, cuéntame qué ha pasado.

—Hacía años que no lo veía —dijo Ava, apartando la mirada—. Y me ha sorprendido encontrármelo.

—Eso no explica nada. Cuéntamelo, Ava.

Flynn la vio respirar hondo y se le encogió el corazón. Tenía que cuidarla, que protegerla.

—¿Cómo voy a ayudarte si no sé qué es lo que te pasa?

—Yo... Lo conocí el último año que viví aquí. Vino invitado a la fiesta —empezó Ava con un hilo de voz—. Era socio de mi padre.

—En los negocios se conoce a muchos tipos de personas, no tienen por qué gustarte para asociarte con ellas.

—¿No? —preguntó ella—. Mi padre parecía atraer a las personas más horribles y despreciables. Tal vez porque él era igual.

Flynn la miró fijamente, sabía que Ava había tenido algunos problemas en la relación con su padre, pero no había pensado que habían sido tan serios. Le sorprendió que Ava hablase así de su padre. De hecho, nunca la había oído hablar mal de nadie antes de esa noche.

Esperó. Le acarició el brazo desnudo para recordarle que no estaba sola.

—Sea lo que sea lo que te está carcomiendo por dentro, Ava, ¿no crees que es mejor compartirlo?

Ella lo miró de reojo antes de volver a hablar.

—¿Y me lo dices tú, que nunca hablas de tus sentimientos?

Flynn la abrazó más, se sintió aliviado al oír una nota de humor en su voz.

—Yo soy un hombre, es normal.

Además, no se le daba bien hablar de sentimientos.

Ella clavó la vista en la otra punta de la habitación.

—Mi padre era un hombre egoísta, cruel y despiadado. Nunca se preocupó por nosotros, solo nos veía como marionetas a las que manipular para conseguir sus objetivos. Estaba obsesionado con el prestigio y el poder. Con dejar atrás sus raíces de clase trabajadora y convertirse en alguien importante.

Aquello encajaba con lo que Flynn había opinado de Michael Cavendish, aunque nunca había pensado que también fuese despiadado con su familia.

—Rupert y yo vivíamos constantemente controlados, juzgados y castigados, no porque lo que hiciésemos estuviese bien o mal, sino si se ajustaba o no a la imagen que mi padre quería dar al mundo.

Ava empezó a hablar cada vez más deprisa.

—No se nos permitió ser niños. Estábamos demasiado ocupados aprendiendo a ser perfectos, al menos, de cara a la galería. Yo aprendí a montar a caballo y a jugar al tenis no porque quisiera, sino porque era lo que hacían los niños ricos. Mi padre me elegía los amigos, tenían que ser las personas adecuadas.

Sacudió la cabeza antes de continuar.

—No sabes la presión que soportaba el pobre Rupert, tenía que ganar en todos los deportes y destacar en el colegio y, si no, había consecuencias.

—¿Tu padre también te pegaba a ti? —preguntó Flynn, furioso.

—No, no habría podido decir que me había hecho los moratones haciendo deporte. Yo era su obra principal, la hija perfecta —dijo en tono amargo—. Tenía que estar guapa, elegante y parecer segura de mí misma. Tenía que ser encantadora con todo el mundo... lo mismo que mi madre.

De repente, dejó de hablar, tragó saliva. Se puso a temblar.

—¿Tu madre?

Ava se quedó en silencio demasiado tiempo, como si no fuese a continuar hablando.

–¿Sabes?, siempre envidié a tu madre –continuó entonces–. Casi no me acuerdo de tu padre, pero siempre me sentí cómoda con tu madre. Era muy cariñosa. Me pasaba horas soñando con formar parte de una familia como la tuya.

Aquello sí que sorprendió a Flynn, que no había pensado que nadie pudiese envidiar su niñez. Nunca se había dado cuenta del valor que tenía tener una familia unida, en la que todos se querían, se había centrado más en lo que no tenía.

–Por eso siempre supe que tú eras una buena persona. Conociendo a tu madre, tú no podías ser de otra manera –añadió Ava, poniéndose recta–. Como la noche del accidente. Supe que estaría a salvo contigo. Siempre te portaste bien conmigo.

Flynn la miró a los ojos y notó que algo se le rompía por dentro. Tomó aire lentamente y se dijo que aquel sentimiento extraño, intenso, no era nada. Aunque en el fondo sabía que tenía mucho que ver con la confianza y el amor con los que lo miraba Ava.

Tragó saliva y se dijo que lo importante era que estaba allí para cuidar de ella, que los medios utilizados para llegar allí, no importaban.

–¿Tu madre era fría?

–Fría no, distante. Creo que tenía miedo de él. Nunca nos defendió ni se puso de nuestra parte. Mi padre no se casó con ella por amor, sino por su pedigrí. Y mi madre siempre hizo lo que él quería. Fuese lo que fuese.

Volvió a detenerse para respirar profundamente.

–Él solía utilizarla como... No sé. Como cebo. O como premio –dijo, frotándose los brazos como si tuviese frío.

–¿Qué quieres decir? ¿Como premio para quién?

–Para otros hombres –admitió Ava–. Para los hombres con los que mi padre tenía negocios o quería hacerlos.

Flynn abrió la boca, pero no supo qué decir. Esperó a que Ava se explicase mejor y confirmase que no había querido decir lo que él había entendido. La idea le resultaba repugnante.

–Era muy bella –dijo ella.

–Sí, la recuerdo.

–Mi padre la utilizaba... como si se tratase de un objeto, no de una persona. Como un premio. Todo se hacía de manera muy discreta, pero todos los años teníamos invitados que se alojaban en casa durante la semana del baile. Y yo veía cosas...

Ava apartó la mirada bruscamente.

–Conmigo hizo lo mismo.

Flynn no fue capaz de asimilar el significado de aquellas palabras rápidamente, pero cuando lo hizo se quedó helado.

–No lo entiendo... –consiguió decir por fin–. ¿Qué clase de hombre podría hacer eso?

¡Con su hija!

–Ava, mírame.

Ella se giró a mirarlo y a Flynn se le rompió el corazón al verla destrozada. La abrazó y la ayudó a sentarse en su regazo.

Ava se acurrucó contra su cuerpo y él sintió una emoción a la que no podía darle nombre.

–Me alegro tanto de tenerte, Flynn. Te quiero tanto...

Y él volvió a sentir aquel extraño dolor en el pecho. No podía ser el corazón. Tenía que ser que se le había olvidado respirar.

Pasó un buen rato hasta que Ava volvió a hablar.

–Fue el año después de que mi madre muriese. Yo tenía que ser la anfitriona.

Flynn siguió abrazándola, sorprendido de que Ava se hubiese guardado todo aquello para ella hasta entonces.

–La casa estaba llena de personas a las que mi padre quería impresionar. Personas con dinero o con poder. Después me enteré de que mi padre llevaba un tiempo con problemas económicos, aunque nadie lo sabía porque él seguía gastando y viviendo de manera que nadie se diese cuenta.

Flynn la vio jugar con la tela del vestido.

–Me compró ropa nueva, sobre todo, trajes de noche –continuó–. Yo nunca había llevado ropa tan ajustada, ni tan escotada. Me sentía incómoda. Además, eran todos blancos. Todos.

Flynn recordó aquella noche. Ava llevaba un traje largo que brillaba bajo la luz de la luna. Había salido del coche con arañazos en los hombros y, en otras circunstancias, su escote lo habría tentado. No se parecía en nada a la niña que él recordaba.

–¿Y qué tenía de malo el blanco? –preguntó, dándose cuenta de que se estaba perdiendo algo.

–Nada. Salvo que mi padre había elegido ese color por un motivo. ¿Por qué van las novias de blanco?

–¿Porque es una tradición?

Flynn recordó entonces que Ava había insistido en no ir de blanco el día de su boda.

–Es un símbolo de virginidad.

En el silencio, la oyó tragar saliva. Vio que agarraba con fuerza la tela del vestido.

–Al principio no me di cuenta, pero mi padre me estaba exhibiendo delante de sus invitados. Al parecer, no todos sabían lo que estaba haciendo, solo un grupo selecto.

–Dime que no es lo que pienso –le pidió Flynn.

Aquello era una pesadilla.

—Ojalá pudiera —respondió ella, mirándolo fijamente a los ojos—. Estaba desesperado por conseguir dinero y patrocinadores para un proyecto nuevo con el que pensó que salvaría la empresa. Había tres hombres interesados en su propuesta, los tres se alojaban en la casa.

Hizo una pausa, como si necesitase recuperar fuerzas.

—Estaba... subastando mi virginidad.

Flynn oyó las palabras, pero casi no pudo creérselas.

—Y el premio se lo iba a llevar el que hiciese la puja más alta. Brayson era uno de ellos —añadió, haciendo una mueca. Su expresión era de dolor.

Flynn hizo un esfuerzo por respirar. Estaba furioso.

—Y yo había invitado a ese cerdo a la fiesta. Si lo hubiese sabido...

—¡Flynn! No me abraces tan fuerte, me haces daño.

—Lo siento. Continúa contándome qué pasó.

—La noche del baile uno de ellos me envió una caja de rosas. La subasta había terminado y... había ganado él.

—¿Brayson?

—No, otra persona que falleció hace un par de años, pero Brayson lo sabe todo porque estaba allí.

Suspiró antes de continuar.

—Esa noche empecé a beber champán para intentar ser valiente, pero al final no pude aguantar la presión y decidí escapar, pero no llegué muy lejos porque tuve el accidente.

—Tenías que habérmelo contado todo. Yo te habría cuidado.

Ava apoyó la mano en su pecho.

—Me cuidaste. No sabes lo mucho que aquello significó para mí, pero a la mañana siguiente tuve que volver a casa. Intentar huir fue una estupidez. Tuve que enfrentarme a mi padre por última vez y decirle que no quería volver a verlo.

—¿Y tu hermano no te ayudó? —preguntó Flynn, intentando imaginarse toda la situación.

—Rupert estaba interno porque no le estaban yendo bien los estudios. Nuestro padre no quería verlo.

—Así que no tenías a nadie.

Flynn recordó a Ava aquella noche, tan bella, pero tan angustiada. Sola.

—¿Por qué no me lo contaste? Te habría ayudado.

Ella lo miró a los ojos y a Flynn se le encogió el corazón.

—Lo sé, pero, si mi padre se hubiese enterado, habría despedido a tu madre. No podía hacerle eso.

Flynn tomó su mano.

—Ojalá lo hubiese sabido.

No le contó a Ava que su madre ya había accedido a dejar de trabajar en Frayne Hall.

—No habrías podido hacer nada. Yo hice lo que tenía que hacer al marcharme. Después de aquello, no volví a verlo.

Después de todo aquello, la expresión de Ava seguía siendo de dolor.

—Hay algo más, ¿verdad?

—No, es solo que... me he preguntado muchas veces si yo había hecho algo más, algo que hiciese pensar a mi padre que...

—De eso nada. No voy a permitir que te culpes tú de algo que hizo tu padre. Además, todavía eras virgen cuando nos casamos.

—Porque esa experiencia hizo que no quisiera estar con ningún hombre.

–Hasta que encontraste al adecuado –le dijo él, acariciándole la mejilla con ternura–. Habías tenido una experiencia traumática por culpa de tu padre. Y lo que hiciste fue luchar por empezar una vida nueva. Estoy orgulloso de ti, Ava.

Ella sonrió y Flynn pensó que era como ver salir el sol entre las nubes.

–Me aseguraré de que no tengas que volver a ver a Brayson jamás. Dime el nombre del tercer hombre.

–No hace falta. Todo eso forma parte del pasado. He aprendido que soy mucho más fuerte de lo que pensaba. Y he aprendido también lo maravilloso que es tener a un hombre que me ame como me amas tú, que confía en mí, me apoya y me defiende. Estoy tan acostumbrada a valerme por mí misma que no sabes lo mucho que significa para mí que alguien se ponga de mi parte.

Le dio un beso y Flynn sintió que se derretía por dentro. ¿O era su conciencia?

¿Cómo iba a estar a la altura de las expectativas de Ava? No obstante, lo que más le sorprendió era desear estarlo.

Capítulo 14

ESTÁS segura de que es aquí? –preguntó Flynn.
A pesar de ser la hora de la comida, la calle estaba casi vacía porque hacía muy mal tiempo.

–Estoy segura. Recuerda que he vivido mucho tiempo en Londres.

Aquel era su territorio, el barrio en el que había trabajado.

–Te acompañaré al restaurante –le dijo Flynn, apagando el motor.

–No hace falta, Flynn. No es necesario que te empapes tú también.

Había estado muy protector desde que le había hablado de lo ocurrido con Benedict Brayson y su padre.

–Te haré compañía hasta que llegue tu amiga.

–Tienes una reunión dentro de quince minutos.

La reunión era el motivo por el que la había llevado él a Londres, aunque Ava se preguntó si no sería una excusa para no dejar que fuese a la ciudad sola. Su comportamiento la exasperaba y le encantaba al mismo tiempo.

Las dos últimas semanas se había sentido más unida a él que nunca. Habían tenido menos actos sociales, Flynn había empezado a trabajar un poco menos y habían pasado el fin de semana juntos.

El sábado habían recorrido toda la finca para revisar el estado de los muebles de las casitas del personal, cosa que era una prioridad para Flynn. Habían tomado café con bizcochos cerca del bosque, y habían terminado el día en el jacuzzi, bebiendo champán y haciendo el amor.

Ava sonrió. Su marido estaba dándose cuenta por fin de que en la vida había cosas más importantes que el trabajo.

—¿Por qué sonríes?

—Porque soy una mujer muy afortunada —respondió, dándole un beso en los labios.

Flynn nunca le decía que la quería, pero se lo demostraba de muchas maneras.

—Ahora, vete a la reunión.

—Pasaré a recogerte luego.

Ava negó con la cabeza.

—Sarah y yo vamos a ir de compras después. Nos veremos en el ático.

—¿Prefieres ir de compras a estar conmigo? —preguntó él sorprendido.

Ava se echó a reír.

—Espera a ver lo que compro. Seguro que te gusta.

—En ese caso, tienes permiso para ir de compras, pero vuelve antes de las seis. Tengo planes para esta tarde.

Ella le dio otro beso y se obligó a salir del coche. Habría preferido pasar la tarde haciendo el amor con Flynn, pero hacía demasiado tiempo que no veía a su amiga.

Corrió al restaurante y, nada más entrar, oyó que la llamaban.

—¡Ava! Estoy aquí.

Sarah, su amiga y exjefa, la saludó desde una mesa. Ava sonrió y se dirigió hacia ella.

–Cuánto me alegro de verte, Sarah. Me hubiese gustado hablar contigo antes de marcharme.

Sarah había estado de vacaciones cuando Ava había dejado de trabajar.

–Yo también te he echado de menos. Cuando me contaron que habías dimitido, no me lo podía creer. Supongo que estás locamente enamorada de ese hombre –comentó Sarah sonriendo–. En cualquier caso, el matrimonio te sienta bien. Estás muy guapa.

Ava colgó el bolso en el respaldo de la silla.

–¿Quién te ha dicho que dimití?

–¿A qué te refieres? Todo el mundo lo sabe. Les ha costado mucho reemplazarte, pero comprendo que quisieses pasar más tiempo con tu marido. Me han dicho que es muy guapo. Y si vais a formar una familia...

Ava se puso tensa.

–Todavía no hemos pensado en eso.

–¿No? –preguntó Sarah, ruborizándose–. Lo siento mucho, pensaba... A veces los hijos no llegan cuando uno quiere.

–No, lo que quería decir es que todavía no hemos pensado en tener hijos. Tal vez dentro de un par de años –dijo Ava–. Dime, ¿quién te contó que había dimitido?

–El presidente. Dice que respondió él mismo a la llamada.

Ava no entendió nada.

–¿Qué llamada? Yo no llamé a nadie.

Lo único que sabía era que la jefa de recursos humanos le comunicó que se había quedado sin trabajo.

–Ah, eso explica la confusión. El presidente me dijo que había llamado tu marido. Me pidió que no hablase del tema con nadie, pero sé que contigo puedo hacerlo. Sentí mucho que te marcharas, formábamos un buen equipo. Aunque la donación que hizo tu marido cuando te marchaste nos ha venido estupendamente.

Ava se estremeció.

—¿Qué donación?

Sarah dejó escapar una carcajada.

—Claro, tienes tanto dinero que pierdes la cuenta.

—Estoy hablando en serio, Sarah. ¿Qué donación?

Su amiga la miró fijamente y dejó de sonreír al ver la expresión de Ava.

—La donación multimillonaria que tu marido hizo personalmente, pidiendo que no se le hiciese publicidad.

—¿Estás segura?

Sarah asintió. Tenía el ceño fruncido.

—Dijo que sería una manera de compensar que no pudieses seguir trabajando con nosotros. Es evidente que te valora mucho.

«Te valora mucho».

Ava contuvo una amarga carcajada mientras guardaba su ropa, la antigua, no la que Flynn le había comprado, en una maleta.

Se estremeció al recordar cómo había entrado en el ático de Londres por primera vez, en brazos de Flynn.

Cerró la maleta y la llevó a la entrada. Estaba muy vieja y contrastaba con los muebles tan caros.

Aquel no era su sitio.

Volvió al dormitorio para ver si había algo más que tuviese que llevarse. Casi todas sus cosas estaban en Frayne Hall, pero no podía volver allí.

Sintió náuseas y tuvo que apoyarse en el pomo de la puerta. Después de haber hablado con Sarah había hecho alguna averiguación más y los resultados le habían dado ganas de vomitar.

Era increíble lo que se podía conseguir con un par de llamadas.

¡Ojalá las hubiese hecho varios meses antes!

Apretó la mandíbula, tomó su bolso y su abrigo e intentó ignorar un dolor que amenazaba con consumirla.

Ya no había nada suyo allí. El dormitorio estaba tan vacío como el día que había llegado.

Tan vacío como su corazón.

Tan vacío como el alma oscura y conspiradora de Flynn.

Se dio la vuelta e intentó concentrarse en lo que tenía que hacer después: tomar un taxi, encontrar una habitación para esa noche, cualquier cosa, menos enfrentarse al desastre en el que se había convertido su vida.

—¿Ava? —le dijo una figura alta desde la puerta—. ¿Qué hace esta maleta en la entrada?

Ella se detuvo y lo miró. Parecía preocupado, como si le importase.

Pero Ava ya no podía creerlo.

Por un instante, quiso pensar que lo que había averiguado no era cierto. Que Flynn no la había engañado. Que de verdad la quería.

Él se acercó y el cuerpo de Ava reaccionó, sintiendo deseo. Ella apretó los dientes y cerró los ojos, odiándose por desear abrazarlo.

—¡Ava! Háblame —le pidió, acercándose más.

—¡No! —exclamó ella, alargando el brazo.

—¿Qué ha pasado? ¿Tiene algo que ver con Brayson? ¿Qué es lo que te ha disgustado?

Ava se echó a reír.

—No, no tiene nada que ver con Brayson.

—Entonces, ¿qué es?

Ava levantó la barbilla.

—Que tú hiciste que perdiese mi trabajo. ¡Hiciste que me despidieran!

Flynn palideció.

—No lo niegues —le advirtió.

Flynn avanzó otro paso y ella retrocedió.

—Ese trabajo te tenía agotada —dijo él—. Lo hice por tu bien, porque estaba preocupado por ti.

—¿Cómo te atreves? —inquirió ella—. ¿Cómo puedes decir que lo hiciste por mi bien? Tú, que trabajas más horas que nadie en su sano juicio.

Tomó aire antes de continuar.

—Sé cuidarme sola. Y decido por mí misma dónde trabajo. Mentiste a la organización al decirles que yo quería marcharme.

—No mentí. Solo mencioné que teníamos planes de ir a vivir fuera de Londres y formar una familia. Y ofrecí una donación.

—No seas falso. Mentiste al presidente y me mentiste a mí.

A Ava se le encogió el pecho del dolor, se sentía muy decepcionada. Se le llenaron los ojos de lágrimas, pero las contuvo.

—No te he mentido, Ava.

—Me mentiste por omisión. ¿Cómo crees que me he sentido al saber que estabas moviendo los hilos a mis espaldas, riéndote de mí?

—Nunca me he reído de ti —le aseguró él en voz baja.

Ella respiró hondo.

—Has manejado mi vida. Has tomado el control de

cosas que tenía que haber decidido yo. ¿Cómo crees que me siento? –inquirió–. He pasado los diecisiete primeros años de mi vida completamente controlada por un hombre al que no le importaba nada cómo me sintiese ni lo que quería. Y pensaba haber escapado de eso.

Tragó saliva, tenía un nudo en la garganta.

Había creído encontrar el amor verdadero, pero, en realidad, había sido manipulada por un maestro.

Flynn era todavía más artero que su padre.

Ava sintió náuseas, se inclinó hacia delante.

–Lo siento, fue un error –le dijo él–. Lo supe nada más hacerlo, pero ya era demasiado tarde. No sabes cuánto me he arrepentido.

–Yo diría que te has arrepentido porque me he enterado.

Su expresión lo delató. Ava estaba en lo cierto.

El dolor de estómago era tan fuerte que volvió a doblarse hacia delante. Tuvo que hacer un gran esfuerzo para volver a hablar.

–No fue solo el trabajo, ¿verdad? Si hubiese sido solo eso... si hubiese sido solo que querías protegerme, tal vez habría intentado entenderte.

Lo miró fijamente.

–Ha sido todo mentira, ¿verdad? Nunca te he importado.

–No, te equivocas, Ava...

–A mí no me mientas, Flynn. Estoy harta. Me has mentido desde el principio –lo acusó–. He hecho algunas averiguaciones y sé más de lo que piensas.

Él se quedó inmóvil, su expresión era de cautela.

–Llevabas años comprando los retratos de mi familia. Años, Flynn.

La noticia la había causado escalofríos.

–¿No tienes nada que decir al respecto? –le preguntó–. También sé que Frayne Hall no estaba en realidad a la venta, sino que fuiste tú quien se puso en contacto con el dueño.

Flynn no se movió, su expresión no cambió, solo le brillaron los ojos.

–Puedo permitírmelo. Y sabía que te gustaría vivir allí. La finca había pertenecido a la familia de tu madre, hasta que el negocio de tu padre quebró.

Ava lo señaló con el dedo índice.

–Pero ¿cuándo hiciste la oferta para comprarla? ¿Después de nuestra boda o... antes? ¿Antes de Praga? ¿Antes de París?

Flynn se encogió de hombros.

–¿Acaso importa? Es un lugar precioso. Y la casa es... perfecta para nosotros.

–¡Por supuesto que importa! Me hiciste creer que la habías comprado por mí. Hablaste de buscar un hogar juntos, pero terminamos en la casa que tú querías.

–A ti también te gusta, admítelo. Y te ha gustado vivir conmigo allí.

Ava cerró los ojos con fuerza. El problema era que Flynn estaba muy cerca de la verdad. Durante las últimas semanas, había sido feliz con Flynn en Frayne Hall.

Pero todo había sido un engaño.

–No tergiverses las cosas –le dijo, abriendo los ojos–. Me convertiste en tu objetivo, lo mismo que la casa y las demás cosas que querías adquirir.

Él no dijo nada, se limitó a mirarla.

–Hoy he hablado con tu asistente –añadió Ava–. Últimamente nos hemos hecho muy amigas.

Flynn por fin reaccionó al oír aquello. Arqueó las cejas.

–Le he pedido los detalles del lugar en el que te alojaste en París. Le he dicho que quería darte una sorpresa. Y me he enterado de que reservaste el hotel al día siguiente que yo. Y lo mismo ocurrió con Praga. Al parecer, conocías mi itinerario.

La mirada de Flynn era inescrutable y eso la enfadó todavía más.

–Lo tenías todo planeado –lo acusó–. Todo.

Él tomó su mano temblorosa.

–Mira, Ava...

–No, mira tú, Flynn. ¡Admítelo! –le pidió, intentando zafarse.

–Quería conocerte mejor. Las reuniones de París eran reales, pero, sí... planeé quedarme más tiempo y pasarlo contigo.

–¡Pero si ni siquiera me conocías!

–Por supuesto que te conocía. Te había visto crecer.

–Eso no es lo mismo que conocerme, Flynn. Ningún hombre en su sano juicio planearía sus vacaciones para estar con una mujer a la que hace siete años que no ve. No sin una segunda intención.

–Quería volver a conocerte, Ava. Sabía que éramos perfectos el uno para el otro –le aseguró él, agarrándole la mano con fuerza.

Aunque fuese ridículo, ella se sintió más tranquila.

–No hay nada de perfecto, Flynn. Ha sido todo un engaño –balbució–. ¿Qué hiciste? ¿Contratar a alguien para que me siguiese?

Él se ruborizó.

–Admito que no he hecho las cosas de manera convencional, pero...

–¡Has invadido completamente mi privacidad! Y me has mentido una y otra vez.

–Lo siento.

Después de aquello, se hizo el silencio. Flynn parecía tenso, incómodo.

–No pretendía herirte.

Capítulo 15

ATURDIDA, Ava miró al hombre al que había creído conocer.

—¿Que no pretendías herirme?

Aquello era demasiado, retrocedió hasta una silla y se dejó caer en ella.

—No me puedo creer lo que has hecho.

Para su alivio, Flynn no se acercó.

—Sabía que podía hacerte feliz —le dijo.

—¿Cómo? ¿Convirtiéndote en mi padre? ¿Utilizándome como me utilizó él?

—¡No! Eso nunca. No quería convertirme en tu padre, pero sí tener todo lo que él tuvo.

—Ya entiendo. Querías una mujer de la alta sociedad, una gran casa y mucho dinero.

Flynn se metió las manos en los bolsillos de los pantalones. Su expresión era sombría.

—Quería poder controlar mi vida.

—¿Robándome la mía?

—No fue así. Mis padres trabajaron muy duro a cambio de muy poco. Y, cuando mi padre enfermó, aumentaron las facturas. El día que mi padre murió, mi madre no pudo llegar a tiempo porque estaba trabajando. Y esa noche yo juré que las cosas iban a cambiar y decidí hacer todo lo que estuviese en mi mano para conquistar el mundo. Me prometí a mí mismo que sería más rico y fuerte que tu padre, más sincero, que lo haría mejor.

—Conmigo no has sido sincero —replicó ella, dolida—. Me has utilizado desde el principio.

—Ya te he dicho que no ha sido así. Que me importas...

—¿Te importo? —le espetó ella—. De eso nada, solo has querido exhibirme como a un trofeo.

Furiosa, se levantó de la silla e intentó golpearlo, pero Flynn le sujetó la mano.

—Déjame —le dijo entre dientes—. Jamás pensé que podría odiar a nadie tanto como a mi padre, pero a ti te odio todavía más.

—Eso no es cierto, Ava. Sé que estás sorprendida, y lo siento, pero puedo explicártelo.

—¿Explicármelo? ¿El qué? —preguntó ella con lágrimas en los ojos.

—Cálmate y escúchame. Estás enfadada y me lo merezco, pero me quieres. Sabes que me quieres.

La abrazó y Ava no pudo evitar apoyarse en su cuerpo.

—No quiero verte más. Te odio —le dijo.

Cerró los ojos e intentó no sentirse atraída por él, pero Flynn metió la mano entre ambos, le acarició la parte interior del muslo y metió la mano por debajo de las braguitas de encaje.

—¿A esto llamas odio? —susurró—. Dime que no quieres esto, Ava. Todavía me deseas.

Ella sintió ira, desesperación y un deseo salvaje de volver a tenerlo. Bajó una mano al botón de sus pantalones y con la otra le acarició la erección.

Flynn tomó aire y dejó de sonreír.

Levantó a Ava para sentarla en el alféizar de la ventana y ella, sin darse cuenta, lo abrazó con las piernas por la cintura y se apretó contra él.

–Me quieres... –murmuró Flynn.

–No.

–Me quieres –repitió él–. Dímelo, Ava.

Ella le mordió en el cuello, luego se lo chupó. El sabor a sal de su piel le invadió la boca.

Flynn se estremeció y un segundo después la estaba penetrando, pero Ava supo que aquello no era amor. Era deseo, no amor.

Y, no obstante, a Ava le encantó.

–Me quieres, Ava.

Ella abrió los ojos. Flynn la estaba observando y Ava negó con la cabeza.

Él se movió lentamente dentro de su cuerpo y Ava se aferró a sus hombros y se apretó contra él.

Solo hicieron falta tres empujones más para que ambos llegasen al clímax. Temblaron y se aferraron el uno al otro como si fuesen los últimos supervivientes de un naufragio.

Y Ava se preguntó cómo iba a erradicar los sentimientos que tenía por Flynn. Era patética.

Capítulo 16

FLYNN se dio cuenta del momento en el que la mirada de Ava se enturbiaba. Vio consternación en sus ojos y, todavía peor, dolor.

Fue con ella en brazos hasta la cama y cayeron juntos en ella. La aplastó con su peso, pero supo que no podía dejarla marchar. La desnudó con una mano y vio que ella hacía un puchero.

Pero su cuerpo y su mirada le decían todo lo que Flynn necesitaba saber.

Cuando tiró de la falda, Ava levantó las caderas para ayudarlo a quitársela. Tenía la respiración acelerada y no era de angustia, sino de excitación.

Flynn le rozó un pecho al quitarle el sujetador y ella arqueó la espalda, buscando su caricia. Él inclinó la cabeza y le acarició un pezón con la boca.

No obstante, necesitaba estar seguro.

–¿Me deseas?

Ava asintió una vez y él pensó que no era suficiente, pero le hizo el amor con toda la pasión que, normalmente, intentaba controlar.

Ava estaba furiosa, decepcionada, pero lo necesitaba, lo quería. Se notaba en cómo movía su cuerpo, en la dulce ansia de sus besos mientras ambos se perdían en un torbellino de placer.

Flynn se movió mucho después y, a pesar de la gravedad de la situación, sonrió con satisfacción. Tendría que convencer a Ava, pero ella terminaría por darse cuenta de que eran perfectos el uno para el otro. Y eso era lo que importaba...

Oyó un ruido y, muy a su pesar, abrió los ojos.

Ava estaba desnuda a los pies de la cama.

—Vuelve a la cama conmigo y deja que te dé una explicación.

Lo miró a los ojos y después apartó la vista, pero, antes de que lo hiciera, Flynn vio que tenía los ojos brillantes. Estaba a punto de llorar. Y Flynn odiaba hacerla llorar. Odiaba haberle hecho daño cuando lo único que había querido era cuidarla.

Sí, después de haberla utilizado.

Entonces se dio cuenta de que se estaba poniendo los zapatos y frunció el ceño. No era el momento de pensar en lo sexy que estaba su mujer desnuda y con tacones, pero aquella parte de él era infatigable.

—¿Qué estás haciendo? —le preguntó.

Ella recogió su blusa del suelo y, al ver que no tenía botones, volvió a tirarla.

—Vuelve a la cama, Ava. Deja que te explique. Lo he hecho mal, muy mal —admitió—, pero me importas, cariño. Yo...

—No, Flynn —respondió ella con una voz irreconocible—. No quiero escucharte.

Él observó que se levantaba y recogía algo del suelo antes de ponerse la gabardina.

—Ava, sé razonable. No puedes salir a la calle vestida así.

—Por supuesto que sí —respondió ella, abrochándose los botones furiosamente.

Flynn fue hasta el borde de la cama.

–Quédate ahí.

–Pero no puedes marcharte. Tenemos que hablar.

–Me has utilizado. Te odio, Flynn –replicó ella–. Y me odio a mí misma por haberlo permitido, por haber sido débil y no haberme defendido.

Él sintió pánico.

–No eres débil. Eres fuerte, Ava. La mujer más fuerte que conozco.

Y lo quería, porque tenía que seguir queriéndolo, pero parecía furiosa, desesperada.

Flynn se dio cuenta de que tal vez no pudiese convencerla. Tal vez jamás lo perdonaría.

Y sintió un dolor intenso en el vientre.

–No te marches, Ava, por favor. Me importas. Mucho más de lo que piensas.

–Es muy fácil decir eso, pero no me vas a convencer.

Y, después de aquello, se dio la vuelta y salió por la puerta.

Flynn pensó que tenía que ir detrás de ella.

La necesitaba.

No podía permitir que saliese a la calle vestida así.

Sintió miedo al pensar en la posibilidad de perderla.

La quería.

Pero, si se lo decía, Ava pensaría que era otra mentira.

¿Cómo iba a recuperar a la única mujer que había amado, si le había hecho tanto daño que ella se negaba a escucharlo?

Capítulo 17

LA PRIMAVERA había llegado a Newcastle y la temperatura había subido por fin, incluso en el norte. El cielo estaba azul y Ava aspiró el olor de las flores.

Notó los rayos de sol en su chaqueta y se preguntó cuántos meses, o años, tardaría en volver a sentir calor.

Había seguido adelante. Se había mudado, había encontrado trabajo y había empezado a hacer amigos, iba a clases de Pilates y a colaborar a un centro de jóvenes.

Si se mantenía ocupada, algún día dejaría de pensar en Flynn y en la vida que había soñado con compartir con él.

Flynn.

Se llevó la mano al sobre que tenía en el bolsillo.

No había habido ningún contacto entre ellos en varios meses y ella se había dicho que era lo mejor. Flynn no la había seguido, no había intentado convencerla. Por supuesto que no. Flynn quería una esposa de la que presumir, no una mujer ansiosa de ser amada.

Apretó el paso. Cuanto antes llegase a la reunión con la abogada, antes se terminaría todo.

Sabía a lo que se enfrentaba. Al divorcio.

–¿Está segura de que no quiere tomar un té o un café, señora Marshall?

–No, gracias, prefiero no entretenerme.

La abogada asintió.

–Hay mucho que hacer –dijo, abriendo un archivador–. Empezaremos por Frayne Hall.

Ava se puso tensa.

–No tengo ningún interés en la casa. Mi marido... mi marido lo sabe. No quiero nada en este proceso de divorcio.

–¿Divorcio? –preguntó la otra mujer, sorprendida–. ¿Se va a divorciar?

–¿No es eso para lo que nos hemos reunido?

–En absoluto. Señora Marshall, estamos aquí porque su marido ha puesto Frayne Hall a su nombre.

–¿Está segura?

–Por supuesto.

Ava no lo entendió. ¿Cómo era posible? Sabía lo que la casa significaba para Flynn y lo mucho que había luchado para conseguirla.

–No la quiero.

–¿Prefiere que organicemos su venta? ¿No quiere vivir allí? ¿Ni optar por la propuesta de su marido?

–¿Qué propuesta? Me temo que no sé de qué está hablando.

–Lo siento, pensé que estaba al tanto. Puede hacer lo que quiera con la finca, pero su marido ha invertido mucho tiempo y dinero para poder ofrecer una propuesta para utilizar Frayne Hall como centro de vacaciones para niños con pocos recursos. Ya ha conseguido todos los permisos. El proyecto está listo para empezar si usted está de acuerdo.

Ava miró sorprendida los documentos que la abogada le había dejado delante.

No se podía creer lo que estaba viendo, pasó las páginas y se sorprendió cada vez más.

–A ver si lo he entendido bien. Mi marido... –dijo Ava– me da Frayne Hall para que lo utilicemos como centro de vacaciones para niños desfavorecidos, ¿no?

–No necesariamente –respondió la otra mujer sonriendo–. Puede hacer lo que quiera con la finca.

–Pero ¿él va a financiar el mantenimiento?

–No, lo va a financiar usted, si está de acuerdo. Porque, además de cederle Frayne Hall, su marido ha hecho todo lo necesario para poner a su nombre, como única propietaria, Marshall Entreprises.

–¿Qué? No puede estar hablando en serio. Flynn jamás le cedería a nadie su empresa. Es...

Lo era todo para él.

–Tiene que haber un error.

Se levantó de la silla y fue a mirar por la ventana, pero solo pudo ver a Flynn.

–No hay ningún error, señora Marshall. Su marido ha puesto a su nombre todo lo que posee, salvo la casa en la que reside su madre.

–No es posible. Yo no sé nada de sus negocios.

La abogada se puso en pie y sirvió dos tazas de café.

–¿Azúcar? ¿Leche?

Ava parpadeó.

–Leche, por favor –respondió, aturdida.

–Veo que está sorprendida, y no me extraña, se ha convertido en una mujer muy rica, pero no se preocupe –la tranquilizó la abogada–. No tiene que tomar ninguna decisión hoy.

Ava se aferró a la barandilla del puente y clavó la vista en el río.

La abogada no había exagerado, pero lo que la sorprendía no era todo el dinero que Flynn había puesto a su nombre, sino el gesto en sí, que él se hubiese desprendido de lo que más le importaba. Su riqueza, su negocio, Frayne Hall.

Se oyó una alarma y todos los peatones se apresuraron a salir del puente, ya que este se iba a abrir para que pasase un barco. Ava los siguió, atormentada.

Al llegar al final, vio la silueta de un hombre que la observaba.

Era un hombre alto, con el pelo rizado. Un hombre con los hombros anchos y las piernas muy largas.

Flynn.

Estaba diferente. Como el Flynn al que recordaba de años antes. Iba vestido con unos vaqueros desgastados y una chaqueta de cuero, llevaba el pelo más largo y estaba más delgado.

–¿Por qué lo has hecho? –le preguntó.

–Me dijiste que nada de lo que dijese podría arreglar las cosas –comentó él, encogiéndose de hombros–. Los hechos valen más que las palabras.

–¿Y piensas que vas a poder salir de esta sin darme una explicación? –le preguntó Ava, enfadada–. ¿Qué te ha hecho pensar que quiero tu dinero, tu negocio? ¿Qué voy a hacer con ello?

–Conseguir tu sueño.

–¿Mi sueño? Deberías saber que jamás soñé con tener dinero.

–Podrás tener un lugar de vacaciones para tus niños.

Ava lo miró fijamente.

–¿De verdad piensas que ese era mi sueño? Es algo que me gustaría hacer, pero no es la ambición de mi vida.

–Entonces, ¿cuál es? Dímelo y te ayudaré a conseguirla.

Ava no pudo soportarlo, se giró hacia el río con el corazón roto. Después de tanto tiempo, seguía queriendo a Flynn.

–¿Ava? Por favor, lo siento. Por eso te he cedido todo, para demostrarte cuánto lo siento.

–¿Lo sientes? No es suficiente.

Flynn la abrazó por la espalda y ella deseó pedirle que la dejase marchar, pero no tenía fuerzas.

–Por favor, Ava. No quería volver a hacerte daño. Si quieres, me marcharé. Solo quería verte otra vez y decirte que te quiero. Quería intentar explicarte...

–¿Qué has dicho?

Flynn le acarició las mejillas, llenas de lágrimas, y le calentó con el aliento el rostro helado.

–Te quiero. Te quiero con todo mi corazón y haré todo lo que esté en mi mano para que te sientas mejor. Aunque sea salir para siempre de tu vida.

–¿Por qué has esperado tanto tiempo para ponerte en contacto conmigo?

–¿Habrías querido verme? Estabas furiosa. Además, necesitaba tiempo para arreglar todos los papeles y demostrarte que eres lo más importante para mí.

–Solo me dices lo que piensas que quiero oír.

–¿Crees que dejaría todo por lo que he trabajado por alguien que no me importa? –le preguntó él.

–¿Te sientes culpable?

–Por supuesto que sí. Te hice daño. Y lo peor es que quería protegerte. Te quiero, Ava. Te quiero por encima del dinero, el éxito o el poder.

–Pero no me querías cuando te casaste conmigo.

–No.

A Ava se le encogió el corazón.

–Me he enamorado poco a poco de ti –admitió Flynn.

Ava guardó silencio, no dijo nada a pesar de estar deseando abrazarlo, llorar y reír de felicidad.

–No dices nada –comentó Flynn–. ¿Ya no me quieres?

–Todavía te quiero, Flynn. He intentado no quererte, pero no he conseguido sacarte de mi corazón.

–Pero todavía no estás segura, ¿verdad?

Para sorpresa de Ava, Flynn no parecía triste ni decepcionado. Sonrió.

–En ese caso, es una suerte que sea un experto en el arte de la persuasión, señora Marshall –añadió–. No me importa tardar años en convencerte de que he cambiado. Te quiero con todo mi corazón y estoy deseando demostrártelo. ¿Me permitirás intentarlo?

Ava esbozó una sonrisa.

–Si insistes...

–Por supuesto que insisto. No pararé hasta que sepas que te quiero más que a nada en el mundo.

Epílogo

DATE prisa, tortuga –lo provocó Ava–. Le he prometido a tu madre que llegaríamos temprano a cenar para así poder decorar el árbol.

En ocasiones, a Flynn todavía le sorprendía que Ava estuviese con él a pesar de haber estado a punto de destruir su matrimonio.

Por un instante, dejó de arrastrar el abeto por la nieve. Delante de él, Ava subía la colina bailando, con el gorro de Papá Noel que habían comprado para los niños adornando su cabeza.

Era todo lo que Flynn podía pedir en Navidad. Lo único que necesitaba. ¿Qué habría hecho si Ava no le hubiese dado otra oportunidad?

–Rupert me ha llamado para decir que ya ha llegado. Hasta ha estado pintando bolas para el árbol. ¿Te lo puedes creer?

Se giró y se dio cuenta de que Flynn estaba inmóvil, mirándola fijamente.

–¿Qué te pasa? ¿El árbol pesa demasiado? –le preguntó, acercándose–. ¿Estás triste porque mañana es Navidad? Debe de ser triste, el aniversario de la...

–No, no es eso.

–Entonces, ¿qué es? Hemos pasado un día fantástico con los niños. Has sido maravilloso con ellos.

–No he hecho nada especial. Lo que ocurre es que

algunos no están acostumbrados a tener un hombre en su vida que pase tiempo con ellos. Soy la novedad.

–¿Vas a contarme qué te pasa? –insistió Ava.

–Nada. Todo está bien. Tan bien que casi no me lo puedo creer. De hecho, lo que me pregunto es si yo soy suficiente para ti.

–Oh, Flynn, por supuesto. Confía en ti. Completamente. Me has demostrado una y otra vez que estás muy por encima del hombre con el que me casé, que lo que te importa es la gente, no el dinero ni el estatus.

Lo miró con los ojos brillantes.

–Admiro al hombre que eres ahora: sincero, comprensivo y justo. ¿Y yo? ¿Soy suficiente para ti?

Flynn la abrazó con fuerza.

–Lo eres todo para mí, Ava. Jamás pensé que la vida podía ser así.

Estuvieron besándose varios minutos y, cuando se separaron, Flynn respiraba con dificultad. No quería dejarla marchar.

Ava miró colina arriba y vio la casa que habían diseñado juntos. Estaba en la finca, pero lejos de la casa principal.

–Es una pena que los invitados nos estén esperando –comentó ella.

Flynn le metió la mano por debajo del jersey.

–¡Aquí no! –exclamó Ava, apretándose contra él.

–¿Quiere que pare, señora Marshall?

–Dejémoslo para luego, señor Marshall.

Flynn se rio, feliz.

Era el hombre más afortunado del mundo.

Bianca

No podía rechazar aquel regalo de Navidad…

Niccolò da Conti tenía todo lo que un hombre podía desear: dinero, coches, un emporio empresarial… Sin embargo, al volver a ver a la sugerente Alannah Collins sintió que se despertaba de nuevo su vena más posesiva. Decidió contratarla, seducirla y tacharla de su listado de deseos de una vez por todas.

Alannah conocía el peligro de trabajar demasiado íntimamente con el sensual siciliano, pero habría sido una necia si hubiera rechazado la ayuda que él le brindaba para lanzar su propio negocio. Niccolò trataba implacablemente de seducirla. ¿Podría impedir que él descubriera la verdad que llevaba tanto tiempo esforzándose por ocultar?

Objeto de seducción

Sharon Kendrick

ESPECTÁCULO DE ESTRELLAS

KATE HARDY

Kerry Francis no se parecía en nada a las despampanantes rubias de piernas largas con las que salía Adam McRae, su atractivo vecino. Aunque Adam le resultaba irresistible, solo eran amigos… hasta que él le pidió que se hiciera pasar por su novia.

Hasta ese momento, las únicas estrellas que Kerry había visto eran las que diseñaba para sus espectáculos de pirotecnia. Pero los besos y las caricias de Adam, de mentira, por supuesto, le hicieron ver algo más que las estrellas. Y cuando terminaron casándose… La noche de bodas fue inolvidable. Pero Kerry se había enamorado y no sabía lo que iba a pasar cuando la luna de miel llegara a su fin.

Una aventura amorosa explosiva

Bianca.

¿Qué daño podía hacerles permitirse un poco de placer en el paraíso?

Al parecer, Jamie Powell era la única mujer que no caía rendida a los pies de Ryan. Ella era consciente de la reputación de mujeriego de su jefe... ¡pues comprar regalos de consolación a sus ex formaba parte de su empleo como secretaria!

Con el pretexto de trabajar durante las vacaciones, Ryan la invitó al Caribe, esperando que ella cambiara su serio uniforme laboral por un diminuto biquini...

Ardiente deseo en el Caribe

Cathy Williams